AF186085

Tucholsky Wagner Zola Scott Sydow Freud Schlegel
Turgenev Fonatne
Wallace Twain Walther von der Vogelweide Fouqué Friedrich II. von Preußen
Weber Freiligrath Frey
Fechner Fichte Weiße Rose von Fallersleben Kant Ernst Frommel
Richthofen
Hölderlin
Engels Fielding Eichendorff Tacitus Dumas
Fehrs Faber Flaubert
Eliasberg Ebner Eschenbach
Feuerbach Maximilian I. von Habsburg Fock Zweig
Ewald Eliot Vergil
Goethe London
Mendelssohn Balzac Shakespeare Elisabeth von Österreich Dostojewski Ganghofer
Lichtenberg Rathenau Doyle Gjellerup
Trackl Stevenson Tolstoi Hambruch
Mommsen Thoma Lenz Hanrieder Droste-Hülshoff
Dach Verne von Arnim Hägele Hauff Humboldt
Reuter Rousseau Hagen Hauptmann Gautier
Karrillon Garschin Defoe Baudelaire
Damaschke Descartes Hebbel
Hegel Kussmaul Herder
Wolfram von Eschenbach Dickens Schopenhauer Rilke George
Bronner Darwin Melville Grimm Jerome
Campe Horváth Aristoteles Bebel Proust
Bismarck Vigny Barlach Voltaire Federer Herodot
Gengenbach Heine
Storm Casanova Tersteegen Grillparzer Georgy
Chamberlain Lessing Langbein Gilm Gryphius
Brentano Lafontaine
Strachwitz Claudius Schiller Schilling Kralik Iffland Sokrates
Katharina II. von Rußland Bellamy Gerstäcker Raabe Gibbon Tschechow
Löns Hesse Hoffmann Gogol Wilde Gleim Vulpius
Luther Heym Hofmannsthal Klee Hölty Morgenstern Goedicke
Roth Heyse Klopstock Puschkin Homer Kleist
Luxemburg Horaz Mörike Musil
Machiavelli La Roche Kierkegaard Kraft Kraus
Navarra Aurel Musset Kind Hugo Moltke
Nestroy Marie de France Lamprecht Kirchhoff
Laotse Ipsen Liebknecht
Nietzsche Nansen Ringelnatz
Marx Lassalle Gorki Klett Leibniz
von Ossietzky May vom Stein Lawrence Irving
Petalozzi Plat on Knigge Kafka
Sachs Pückler Michelangelo Kock
Poe Liebermann Korolenko
de Sade Praetorius Mistral Zetkin

Der Verlag tredition aus Hamburg veröffentlicht in der Reihe **TREDITION CLASSICS** Werke aus mehr als zwei Jahrtausenden. Diese waren zu einem Großteil vergriffen oder nur noch antiquarisch erhältlich.

Symbolfigur für **TREDITION CLASSICS** ist Johannes Gutenberg (1400 — 1468), der Erfinder des Buchdrucks mit Metalllettern und der Druckerpresse.

Mit der Buchreihe **TREDITION CLASSICS** verfolgt tredition das Ziel, tausende Klassiker der Weltliteratur verschiedener Sprachen wieder als gedruckte Bücher aufzulegen – und das weltweit!

Die Buchreihe dient zur Bewahrung der Literatur und Förderung der Kultur. Sie trägt so dazu bei, dass viele tausend Werke nicht in Vergessenheit geraten.

Der Kinder Sünde der Väter Fluch

Paul Heyse

Impressum

Autor: Paul Heyse
Umschlagkonzept: toepferschumann, Berlin

Verlag: tradition GmbH, Hamburg
ISBN: 978-3-8424-0590-5
Printed in Germany

Ziel der TREDITION CLASSICS ist es, tausende deutsch- und
fremdsprachige Klassiker wieder in Buchform verfügbar zu
machen. Die Werke wurden eingescannt und digitalisiert. Dadurch
können etwaige Fehler nicht komplett ausgeschlossen werden.
Unsere Kooperationspartner und wir von tredition versuchen, die
Werke bestmöglich zu bearbeiten. Sollten Sie trotzdem einen Fehler
finden, bitten wir diesen zu entschuldigen. Die Rechtschreibung der
Originalausgabe wurde unverändert übernommen. Daher können
sich hinsichtlich der Schreibweise Widersprüche zu der heutigen
Rechtschreibung ergeben.

Text der Originalausgabe

Paul Heyse

Der Kinder Sünde der Väter Fluch

(1862-63)

Vom *Ifinger*, der in grauer Vorzeit mit einem gewaltigen Erdsturz die alte *Maja* verschüttet und den Abhang gegründet hat, auf dem jetzt die Häuser und Weingärten von *Obermais* stehen, geht eine tiefe Schlucht östlich von *Meran* in das Etschthal hinab. Der Wildbach, der sie durchströmt, ist den größten Theil des Jahres hindurch eine kümmerliches Wasser, das im Hochsommer zwischen Gestein und gelbem Sand vollends versiegt, so daß sein tiefes Bett so gefahrlos zu betreten ist, wie droben die hochgeschwungenen hölzernen Brücken. Wenn im Frühling der Schnee jählings ins Thauen kommt, füllt sich auch die Rinne der *Naif* mit einem trüben Schwall, in dem keine Fische athmen mögen. Weiter ins Jahr hinein aber, bei starkem Ungewitter, Hagelschlag und Orkan, scheint sich alle Wuth der Elemente in dieser einsamen Schlucht zu sammeln. Dann lösen sich die zähen Erbmassen, mit denen das Granitgerippe des Ifinger umkleidet ist, in einen dunkelbraunen Schlamm, den die Quelle der Naif mit Ungestüm fortwälzt; große Felsblöcke, Bäume und Rasenstücke folgen dem Sturz, mit immer wachsendem Getöse stürmt der Höllenbrei aus der Enge ins bewohnte Thal hinaus, und über eine Stunde weit hört man den donnernden Fall und spürt das Beben der Erde. Wenn es Nachts geschieht, wachen die Bauern weit und breit davon auf und horchen ängstlich hinaus. Die Naif kommt! sagen sie und beten. Die aber zunächst wohnen lassen es nicht beim Beten bewenden, stürzen aus den Betten ins Freie, treiben das Vieh aus den Ställen und laden ihre werthvollste Habe auf Wagen, lange bevor die zähe Masse zum Rand der Ufer hinaufgeschwollen ist. Denn sobald nur ein größerer Felsen oder ein ausgerissener Baum sich in den Weg schiebt, so staut der Schlamm und wächst alsbald zu einem Berge in die Höhe, hinter dem dann die nachstürzenden Massen links und rechts überfließen und Weinpflanzungen, Obsthalden, Häuser und Gehöfte unwiderstehlich verwüsten.

Von solchen Schrecken mußte dem einsamen Manne, der am schönsten Junimorgen die Schlucht hinunterwanderte, etwas zu Ohren gekommen sein. Wenigstens war auf seinem finsteren alten Gesicht von dem Frieden, der ihn umgab, so wenig zu entdecken, als mache er sich, während er in dem halb ausgetrockneten Bett von Stein zu Stein kletterte, jeden Augenblick auf einen tückischen Ueberfall der Elemente gefaßt. Auch die Nachtigallen, die er tiefer in der Schlucht vor Tagesanbruch so süß hatte schlagen hören, schienen sein Inneres nicht besänftigt zu haben. Er war ganz in grobe graue Leinwand gekleidet; das tiefgefurchte Gesicht, von weißem, kurzgeschorenem Haar und Bart umstarrt, beschattete ein alter Strohhut, eine kleine gelbe Ledertasche hatte er umgehängt, in die er dann und wann ein Mineral oder eine Versteinerung steckte, wie sie von der Naif zahlreich zu Tage gespült werden. So heiß die Sonne herabschien, war ihm doch keine Ermüdung anzumerken. Er ging mit einem stracken militärischen Anstand, nur den Kopf auf die Brust gesenkt, und stützte sich kaum auf den Hammerstock, mit dem er hie und da an die Felsen schlug. Etwas Versteinertes, Verwittertes hatten seine Züge; der Blick der verblichenen grauen Augen glänzte wunderlich, gleich dem Erz, das man im Gestein versprengt findet. Nirgends stand er, um zu ruhen, oder sich an der stillen Schönheit des Thals, dem prachtvollen Wuchs der edlen Kastanien und Nußbäume zu erfreuen, oder den Hirtenbuben nachzusehen, die ihre Ziegen und Schaafe zwischen dem üppigen Gras und Farrenkraut die Abhänge hinauf weiden ließen.

Als er jetzt heraustrat, wo sich die Schlucht öffnet und man von der hohen Brücke über die Wipfel fort nach Meran hinunter sieht, schien er unschlüssig, welchen Weg er einschlagen solle. Da sah er zur Linken, wo eine Allee von Maulbeerbäumen zu alterthümlichen Zinnenmauern und dem offenen Hofthor eines der vielen Herrenschlösser führt, die über diese Abhänge verstreut sind, einen kleinen elegant gekleideten jungen Mann geradewegs sich ihm nähern, und unwillkürlich machte er Rechtsum und schritt, als habe er weder Zeit noch Lust, den Kommenden zu erwarten, die gepflasterte Straße hinunter, unmuthig zwischen den Zähnen murrend. Als er den Andern hinter sich rufen hörte, bog er eilig in einen Seitenweg, durch den die Bauern eine Quelle zur Wiesenwässerung geleitet hatten. Hier wird er mich wohl in Ruhe lassen, brummte er, indem er mit den schweren Nagelschuhen mitten durch das helle Wasser schritt. Aber er täuschte sich. – Sie laufen vor mir davon, aber es hilft Ihnen nichts, Herr Oberst, rief der Kleine ihm nach. Ich kenne Sie ja schon und nehme Ihnen nichts übel. Diesmal *müssen* Sie mich hören, denn Einen Menschen muß ich haben, gegen den ich mich aussprechen kann, und sollte ich ihm bis in die Etsch nachlaufen. Wissen Sie, von wem ich komme? Nun, das können Sie sich allenfalls denken, da Sie mich aus dem Schloßhof treten sahen. Aber daß ich diese Schwelle zum letzten Mal beschritten habe, das wissen Sie noch nicht, und weshalb ich mir das zugeschworen habe, muß ich Ihnen jetzt sagen, oder ich ersticke daran.

Es schien allerdings Gefahr im Verzuge zu sein. Das runde menschenfreundliche Gesicht des kleinen Herrn war über und über roth und zitterte in allen Fibern; er lüftete den schwarzen Hut und trocknete mit einem feinen weißen Batisttuch die Stirn, einmal über das andere seufzend, während er mit den rundlichen, wohlgepflegten Händchen Hut und Tuch vor Aufregung kaum zu halten wußte. Dabei merkte er es gar nicht, daß er mitten im Wasser stand, bis ihm der Andere – der ihn wohl um zwei Köpfe überragte – mit einem kurzen rauhen Ton sagte: Sie werden sich den Schnupfen holen, Herr Graf. Auf Tanzstiefel sind diese Bauernwege nicht eingerichtet.

Sie haben Recht, Verehrtester. Gehen wir eine Strecke weiter, bis es noch einsamer wird, daß ich Ihnen ungestört erzählen kann.

Bin gar nicht begierig, gab der Alte zur Antwort. Die Ungarin wird Ihnen einen Korb gegeben haben. Nun gut, so wissen Sie, woran Sie sind; sie hatten es schon längst wissen können. Danken Sie Ihrem Schicksal, daß Sie die Hexe los geworden sind, eh es zu spät war.

Lieber Freund, erwiederte der Kleine in einem stillen, wehmüthigen Ton, Sie sind ein Menschenkenner, Sie haben die gefährliche Frau nur einmal und nur von Ferne gesehen und sie gleich durchschaut. Aber Sie sollten mit den Schwächen der Menschen Nachsicht haben, je mehr Sie sie erkennen. Dieses Weib, das Ihnen immer antipathisch war, hatte eine Macht über mich –

Ich bitte Sie, unterbrach ihn der Alte, verschonen Sie mich mit Ihren Gefühlen, von denen Sie mich schon mehr als hinreichend unterhalten haben. Sie wissen, daß ich bei gewissen Gesprächen leicht die Geduld verliere.

Kann ich es Ihnen verdenken? rief der Kleine. Ist mir nicht selbst, so lang ich in diesen Fesseln lag, mehr als einmal zu Muth gewesen, als müsse ich aus der Haut fahren? Heute Hoffnung, morgen die helle Desperation; heute ein Lamm gegen mich, ein sanftes, lenksames, inniges Geschöpf, morgen die züngelnde Schlange des Paradieses. Ich bin ein argloser Mensch, das wissen Sie. Ich konnte Ihre Maxime, immer das Schlimmste zu denken, niemals verstehen. Aber so viel war denn auch mir klar geworden, daß sie ein Spiel mit mir trieb, und ich wartete nur auf eine herzhafte Stunde, um ein für alle Mal ein Ende zu machen und davon zu laufen. Da kommt sie – denken Sie sich – gestern auf ihrem schöngeschirrten Maulthier vor meinem Hause vorbeigeritten, ihren Bedienten hinter sich, der in einem Korb am Sattel eine große Menge Alpenrosen verwahrt. Ich sitze eben auf meiner Altane vorm Haus, rauche und denke an nichts Arges. Und sie, sobald sie mich erblickt, Halt gemacht, vom Thier herunter, dem Lakaien gewinkt, daß er die Blumen ihr nachbringen soll, und nun mit dem holdesten Lächeln die Treppe herauf zu mir, daß Alles drüben ans Fenster stürzt und ich selbst wie eine Bildsäule stehe. Sie aber, schön wie eine Alpenfee, etwas erhitzt vom Reiten, die Locken halb lose unterm Hut, giebt mir mit einer spitzbübischen Vertraulichkeit die Hand, nimmt Platz mir gegenüber, schüttet die Rosen auf meinen Tisch und macht mir nun halb lachend, halb böse die zärtlichsten Vorwürfe, daß ich sie so lange vernachlässigt hätte. – Werden Sie mich auslachen, wenn ich Ihnen sage, daß ich Narr genug war zu glauben, ich sei es ihr schon der Leute wegen schuldig, nach dieser Scene heute förmlich um ihre Hand zu werben? Aber Sie lachen ja gar nicht! O, wenn ich nur Ihre Geduld ermüden und Ihnen die ganze Komödie von heute Morgen, von der schmunzelnden Kammerkatze an bis zu ihrem Vetter, dem Baron, der plötzlich so ganz wie bestellt dazu kam, erzählen wollte, Sie würden schon lachen, daß Ihnen die Thränen in den Bart laufen sollten.

Der Alte sah mit einem verbissenen Schweigen vor sich nieder, und eine Weile gingen sie durch die schönen stillen Kastanienschatten neben einander hin, Jeder in seinen Gedanken. Der Kleine aber, der trotz seiner behaglichen Figur in beständiger Lebhaftigkeit sich bald links bald rechts wandte, den Hut abnahm und wieder aufsetzte und mit dem Taschentuch von seinem feinen schwarzen Rock jedes Stäubchen abwischte, hielt es offenbar nicht länger aus vor innerer Unruhe und sagte:

Ja, mein Verehrter, es ist ein Wink des Himmels, daß ich hier Ihre Bekanntschaft gemacht und mich durch Ihre schroffe, abwehrende Art nicht habe einschüchtern lassen, Sie immer wieder aus Ihrer menschenfeindlichen Vereinsamung aufzustören. Sie sollen mich jetzt in Ihre Zucht nehmen, mir die unselige Empfindsamkeit und Gutherzigkeit systematisch austreiben, die mich trotz so vieler Erfahrungen immer von neuem den bittersten Täuschungen aussetzt. Ich habe nun lange genug gedacht, die idealste Ansicht der Welt und der Gesellschaft, wenn sie auch nicht die richtigste wäre, sei doch die wohlthätigste zu unserer Seelenruhe. Nun nehmen Sie mich zum Schüler an in Ihrer Kunst, das Schwarze immer vor dem Weißen, in jeder Sonne die Flecken, in jedem Lächeln die alte Gleißnerei der Hölle zu sehen. Machen Sie einen wetterhaltigen, hieb- und stichfesten Menschenhasser aus mir, und ich will es Ihnen ewig danken.

Der Alte gab einen Ton von sich zwischen Husten und Lachen. Er stand einen Augenblick still, sah den Kleinen von oben bis unten an und sagte dann trocken: Und das Lehrgeld, Herr Graf? Denken Sie, das sei schon bezahlt? Die paar Tropfen Schweiß, die Sie um eine Kokette vergossen haben? Sie wissen nicht, was Sie reden.

Oh, stöhnte der Andere, treiben Sie nur Ihren Spott mit mir; das kann mich nur in meiner Ueberzeugung bestärken, daß ich bei den Menschen hinfort nichts zu suchen habe, da selbst Sie mich nicht verstehen. Auch das werde ich entbehren lernen und in Zukunft meinen Frieden nur da suchen, wo er einzig und allein unterm Monde zu finden ist, und wo auch Sie ihn gefunden haben: in der Natur!

Er warf sich mit diesen Worten am Wege nieder, auf einem Grasfleck, hinter dem ein kleines Mäuerchen von roh aufgeschichteten Steinen einen Rebengarten begrenzte. Gegenüber am Wege standen hohe Nußbäume, durch deren Laub man aus eine alte, in Epheu ganz versteckte Schloßmauer sah, die einen breiten Schatten warf und die kühle, trauliche Abgeschiedenheit des Ortes noch einladender machte.

Der Alte blieb vor dem Grafen stehen und sah mit einem unheimlichen Zug von bitterem Mitleiden zu ihm hernieder, wie ein hungriger Bettler zu einem geputzten Kinde, das ihm klagt, es habe sein Spielzeug zerbrochen.

Frieden? wiederholte er, Frieden? und in der Natur wollen Sie ihn suchen? Suchen Sie ihn, wo Sie wollen, in Tagelöhner-Arbeit, im

Beichtstuhl, in der Flasche – nur nicht in der Natur. Sie müßten sich denn gleich zu Anfang dahin wenden, wohin ich erst gekommen bin, nachdem ich bei allem Lebendigen vergebens angeklopft habe, zu den Steinen. Aber das meinen Sie ja gar nicht. Ihre »Natur«, die Sie einschläfern und über Ihre kleinen Miseren betäuben soll, ist ja nichts weiter als eine Operndecoration, ein paar Strohdächer im Grünen, die untergehende Sonne im Hintergrund und dazu Hirten-flöten und blökende Lämmer und das Rauschen eines Baches, in dem Sie Forellen für Ihre Tafel fischen mögen. Und wenn Sie mit Coulissen und Orchester im Reinen sind, sehen Sie sich doch wieder eilig nach einer Primadonna um, die Ihnen Ihren vielbelobten Frie-den, will sagen die Langeweile, vertreiben möchte. Sie sind noch in den Dreißigen, reich, verwöhnt, und von viel zu fetter Constitution, um den Frieden da zu suchen, wo er allein zu finden ist, und wo ihn heilige Männer wirklich gefunden haben sollen.

Das wäre?

In der Wüste.

In der Wüste? Fast möchte ich lachen, wenn mir sonst danach zu Muth wäre. Nein, Verehrtester, das ist nicht Ihr Ernst. Wären Sie sonst nicht längst dahin aufgebrochen, um den Schakals und Ka-meelen Ihr Evangelium vom Menschenhaß zu predigen, statt daß Sie sich noch immer in diesen leidlich cultivirten Gegenden aufhal-ten?

Sie sprechen, wie Sie's verstehen, sagte der Alte finster. Wo ich lebe, Jahr aus, Jahr ein zwischen Felsen und Gletschern, nur einmal einem Sennhirten die Zeit bietend, wenn mich hungert, und im Winter in einem Holzstadel eingeschneit, möchte es Ihnen Wüste genug dünken. Auch bin ich in diese Thäler nur hinabgestiegen, um zu sehen, ob die weichere Luft mir etwa die Rheumatismen aus den Gliedern ziehen will, mit denen man droben im Hochgebirg übel daran ist. Sonst hätte mich nichts hier herunter gelockt. Es ist mir zu voll hier, allerlei galonnirter Menschenpöbel verdirbt die Luft, auch ist man Welschland schon näher, als mir lieb ist, und lange treib' ich's hier nicht mehr; nur die große Steinsammlung in der Naif-schlucht ist allenfalls der Mühe werth.

Der Graf hatte nur noch zerstreut zugehört und seinen eignen Plänen nachgesonnen. Lassen Sie mich nur machen, sagte er jetzt.

Ich werde mich in Leinwand stecken, wie Sie, und meine Tage unter Pflanzen, Insecten und Steinen hinbringen, hier in dieser prachtvollen Wildniß, unter guten, zufriedenen, ehrlichen Menschen, die ihr Herz in der Hand tragen und als biedere Nachbarn einander helfen. Oder wär' es denn so ungereimt, wenn ich mir einen Bauernhof mit Weinberg und Maisfeld kaufte, ein paar hohe Kastanien über meinem Dach, im Stall schöne Rinder, in meinem Garten Rosen, Pfirsiche und Mandelbäume? Nur daß ich nie eine Hand mehr zu drücken brauche, die sich mit kölnischem Wasser wäscht, und –

Stehen Sie auf, Graf, stehen Sie auf! Sehen Sie die Thiere denn nicht, die an Ihnen hinaufkriechen? rief der Oberst mit einem hastigen verstörten Blick.

Der Graf sprang auf, lachte aber, als er sich den Rock abschüttelte. Nun wahrlich, sagte er, ich dachte, ich hätte mich in ein Scorpionennest gesetzt, und es sind nur Ameisen. Für einen Naturforscher sind Sie ängstlicher, als ich dachte, mein Lieber.

Der Alte hatte sich abgewandt, um die Röthe zu verbergen, die seine verwitterten Züge plötzlich überflog. Ich hasse sie! murmelte er. Sonst bin ich so ziemlich auf Du und Du mit Allem, was da kriecht und schleicht. Kommen Sie weg von hier; es wird heiß.

Indem er dies sagte, schüttelte er sich, als ob ihn ein frostiger Schauder packte, und der Graf folgte ihm, achselzuckend, da er jetzt einen schmalen Weg betrat, der dicht an der hohen Schloßmauer unter Feigengestrüpp und einzelnen Weinreben hinlief. Ein kleiner Graben trennte die Wanderer von der breiteren Straße. Da stand der wunderliche Alte plötzlich wieder still und sah in das klare, geräuschlose Wasser hinab, das träge unter den Brombeerranken und wildem Hopfen abfloß.

Was haben Sie entdeckt? fragte der Andere.

Ein Stück Frieden in der Natur, sagte der Alte ernsthaft. Sehen Sie dort den schwarzen Wurm am Grunde? Eine elende nackte Schnecke ist hineingefallen, und der lauernde Bursch, der Pferde-Igel dort, hat sie behende umklammert und wühlt sich in ihren hilflosen feisten Rücken ein. Sehen Sie doch, wie das gemarterte Thier sich windet!

Abscheulich! Geben Sie mir Ihren Stock, daß ich sie aus einander bringe. Noch wird das Opfer zu retten sein.

Meinen Stock? Daß ich ein Narr wäre, ihn zu einem Narrenstreich herzuleihen!

Herr Oberst!

Sind Sie beleidigt? Nach Belieben. Aber denken Sie erst nach, ob Sie auch ein Recht haben, hier den Großmütigen zu spielen auf fremde Kosten. Wenn ein Erzengel bei einer Fleischhauerbude vorbeiginge und dem Metzger, der eben einen Ochsen schlagen will, aus edler Empörung mit seinem Flammenschwert die Hand zerschmetterte, was würden Sie dazu sagen? Oder wollen Sie es übernehmen, alle Pferde-Igel in diesen Gräben aus eignem Blut mit Frühstück zu versorgen, damit Sie nur das Wegelagern lassen und lieber eine Rettungsanstalt für verunglückte Schnecken stiften?

Er lachte heiser auf, während der Andere den Kopf noch gesenkt hatte und ins Wasser starrte. Ich gebe es Ihnen zu, sagte er kleinlaut: den ewigen Kriegszustand Aller gegen Alle in der Natur können wir nicht abstellen, und der Blick in das stille Mordgewühl da unten – denn ich sehe jetzt noch mehr Würger und Opfer – macht einem das Herz schaudern, das einen Augenblick hier auszuruhen dachte. Fast bewundere ich nun die Leute, die den Muth haben, sich in diese unheimlichen Reiche ein Leben lang zu versenken. Aber die Rebe ächzt nicht, wenn man sie beschneidet, noch das Korn, wenn man es drischt, und die Leute, die Tag für Tag die zufriedene, üppige, stille Frucht um sich herum reifen sehen, müssen endlich einen Frieden gewinnen, von dem man in der sogenannten großen Welt, die die kleine heißen sollte, nichts ahnt. Haben Sie sich die Gesichter des Volkes in dieser Gegend angesehen? Aber nein, Sie sehen ja weg, wenn Ihnen ein Menschengesicht begegnet.

Ich habe ein Recht dazu, sagte der Alte dumpf. Dann ging er so rasch vorwärts, daß der Kleine ihm mit Mühe folgen konnte und das Gespräch fallen ließ. Nicht lange, so bogen sie um einen runden Thurm, der aus der verfallenen Mauer vorsprang, und sahen nun, daß die hohe Schloßruine im Viereck aufragte; denn eine neue Mauer mit verfallenen Fenstern führte zu einem dritten Thurm, der noch üppiger vom Epheu umkleidet war. In vielgetheilten, handbreiten Stämmen hatte er sich hinaufgezogen und seine Klammern tief in die Steinfugen eingedrängt, immer dichter nach oben zu sich belaubend, bis er das spitze Dach wie eine dicke grüne Haube ganz umwuchert und an der einen Seite sogar, einem Helmbusch ähnlich, einen buschigen freien Trieb hinausgeschickt hatte. Nicht minder reich bedeckte er Mauern und Fenster, und hie und da sah der Bau wie eine riesige, wohlbeschnittene Epheuhecke aus, in deren sechs Schuh dicken Wänden man regelmäßige viereckige Oeffnungen angebracht hätte. Der Ort war gegen Wind und Sonnenbrand trefflich geschützt, die Nußbäume standen wie Wächter rings um das ungeheure Viereck, überall rieselten die Wasser von den höher gelegenen Wiesen herab nahe genug vorbei, um die Luft zu durchfeuchten. Nun erst, als die Wanderer um den *dritten* Thurm bogen, sahen sie ein Thor in dem öden Bau sich öffnen, von grauen Quadern überwölbt, aber mit Brettern verschlagen, in denen eine mannshohe Oeffnung gelassen war, ohne Thür und Gitter. Ein paar große schwarze Schweine stürzten, als sie sich näherten, aus dem Thurm heraus und liefen grunzend an den Steinwall vor, mit dem ihr Revier unter den Nußbäumen abgegrenzt war. An dieser Seite war auch der Epheu völlig erstorben, da die Thiere alle Wurzeln umwühlt und zernagt hatten. Jenseits aber, wo ein Rebengarten an die Mauer stieß, dunkelte der grüne Umhang desto dichter über die ganze Breite hin. Ein paar verwilderte Hühner entflohen, als die beiden Männer auf das Portal zuschritten. Vor den Reben aber, hoch unter einem windschiefen Schirmdach, hing ein hölzernes Christusbild mit erloschener Tünche und neigte sich auf die Seite, als drohe es vom Kreuz herabzustürzen und werde von den Weinranken gehalten, die hoch hinaufgeklettert waren und die dürftigen Glieder und das traurige Haupt umschlangen.

Bei meinem Leben, rief der kleine Graf enthusiastisch aus, das ist der märchenhafteste Winkel, der mir je vorgekommen, so recht eigentlich von der Welt vergessen, um hier nun wiederum die Welt vergessen zu können.

Bis die beiden Schwarzen da mit ihrem Grunzen wieder an die Welt und all ihre Bestialität erinnern, warf der Alte hin. Wollen Sie wirklich hinein?

Natürlich, Bester. Es zieht mich mit unwiderstehlicher Gewalt.

So leben Sie wohl! Ich habe gar keine Neugierde die Insassen dieser Wildniß kennen zu lernen.

Ich wette, daß wir keiner Menschenseele begegnen. Und wenn auch, was hätten wir zu fürchten?

Fürchten! und der alte Herr richtete sich hoch auf in den mageren Gliedern. Sie haben Recht, Graf, ich muß mit Ihnen gehen. Sie schweben immer in so hohen Regionen, daß Sie nächstens Arme und Beine brechen werden, und an Gelegenheit dazu wird es in diesem Rattennest nicht fehlen.

Sie betraten die Schwelle und den todtenstillen Hof, wo ihnen eine dumpfe Sonnenglut entgegenschlug, denn durch den halben Raum des großen Vierecks zog sich nur eine kahle Rebenpflanzung hin, und der Hollunderbaum drüben in der Ecke verstreute seinen Schatten nicht weit. Eine unsägliche Verwahrlosung starrte sie von allen Seiten an. Sie erkannten jetzt erst, daß ein Flügel des Schlosses noch in den Mauern erhalten war, während von den drei andern nur die Ringmauern standen. Nichts verriet die Nähe lebender Wesen. Unter einem hohen Schuppen war freilich allerlei Ackergeräth aufgehäuft, ein Pflug, ein paar zerbrochene Rechen, altes Gerümpel von Brettern, Stangen und Weidenbündeln, aber der Staub lag überall fingerdick. Und nun vollends die alte Chaise, die dort an der Mauer stand, als wäre sie allen Elementen schon viele Menschenalter hindurch preisgegeben gewesen, das Eisen vom Rost zerfressen, das Lederzeug von der Sonne verkohlt, das Holz in breiten Sprüngen aus einander gerissen, so daß das leichte Verdeck in sich zusammengesunken schief über den Schlag herabhing und nur die regelmäßige Staubdecke einen Theil des Verfalls übertünchte. Eine große graue Katze lag auf dem verschossenen rothen Kutschersitz und schlief. Sie schien das Reich hier nur mit den Eidechsen zu theilen, die zahllos über die Mauern liefen, und mit den Scorpionen, an denen auch kein Mangel war. Der Alte lüftete einen Stein, und zwei schwarze muntere Gesellen hoben einmüthig den Stachel gegen ihn auf.

Um Gotteswillen! warnte der Graf.

Seien Sie ruhig, es sind nur Scorpione, man verleumdet diese artigen Geschöpfe, erwiederte der Alte. Wenn Ihre Neugierde gebüßt ist, so lassen Sie uns jetzt gehen, ehe denn doch am Ende die Hexe, der jene Katze zugehört, aus einem der Fenster herniedergrinst.

Der Andere stand in Gedanken. Wenn man es ausbaute, nur den einen Flügel etwa, es wäre ein beneidenswerther Besitz. – Ich kann Ihnen nicht helfen, fuhr er nach einer Pause fort, ich muß erst einmal durch jene Winkel kriechen. Aber ich muthe Ihnen nicht zu, mich zu begleiten. O diese Stille! kein Ton dringt weit und breit herüber, und von den Bergen sehen nur die höchsten, fahlen Gipfel in den Hof herein! Wie das malerisch ist in seiner Verlassenheit! Hier ist die Wüste, Oberst, in der ich mir's gefallen ließe. Von Jugend auf habe ich für Ruinen geschwärmt, und dies ist die Königin aller Ruinen der Welt. Sehen Sie nur – sie waren eben in einen der Eckthürme getreten, zu dem der Zugang nur durch hohe Nesseln und Dorngestrüpp verwahrt wurde – wird Ihnen nicht wohl in diesem kühlen Verließ, wo die Löcher des Daches durch den Epheu zugestopft werden und kaum so viel Sonne hie und da einfällt, daß die Vögel dabei ihre Nester bauen können?

Man hörte draußen ziemlich ferne einen Schuß fallen. Hören Sie? sagte der Alte.

Ein Bursch – meinte der Graf – der sich nach der Scheibe übt, oder einem Raubvogel das Handwerk legt.

Oder einem Kameraden, oder sich selbst.

Was Sie auch für Romane aus der Luft greifen!

Romane! brummte der Alte; haben Sie den Muth, von irgend einer Erdscholle, auf die Sie treten, zu beschwören, daß sie nicht Menschenblut getrunken habe? Uebrigens machen Sie was Sie wollen. Ich habe Gottlob keine Verpflichtung, Ihnen zu rathen.

Es ist dennoch bewohnt, sagte der Kleine, der mit Augen und Ohren überall herumspürte. Hören Sie nicht da drüben aus dem Fenster im ersten Stock, das mit dem Holzladen verschlossen ist, die seltsamen Töne?

Ein Mutterschwein wird da in Kindsnöthen liegen.

Nein es kommt von einem Menschen. Wir wollen leise durch die kleine Thür hineindringen und sehen, wie wir's drinnen finden. Ich wüßte doch gern, wie viel noch erhalten ist.

Sie schritten auf eine halbangelehnte Pforte zu, die sich im Winkel unter dem Holzschuppen befand, der Graf eilig voran, der Alte unmutig hinter ihm. Eine dunkle Holztreppe führte steil hinauf, und das Auge, das aus der blendenden Sonne kam, starrte anfangs in den großen Raum, zu dem die Stufen führten, wie in die schwarze Mitternacht. Behutsam tappten sie am Strick, der das Geländer vertrat, hinauf, blieben aber oben Beide wie verzaubert stehn und wagten kaum zu athmen. Denn was sie sahen, war allerdings dazu angetan, in dieser Umgebung mit allem reizenden Grauen des Märchenhaften selbst nüchterne Männer zu überraschen.

Sie standen in einer großen, sehr hohen und tiefen Halle, die durch die verschlossenen Läden zu beiden Seiten völlig kühl und dunkel erhalten war. Ein scharfer Geruch von getrockneten Kräutern und Herdrauch durchzog beklemmend die Luft. Aber am anderen Ende der dunklen Halle stand eine niedrige Thür offen, und man sah in ein kleines, mit Holz rings ausgeschlagenes Gemach, in dem einige Sonnenstrahlen, durch die Spalten der Fensterläden einfallend, eine goldene Dämmerung verbreiteten. Im Winkel am Fenster, unter einem alten Crucifix, das mit allerlei wilden Blumen geschmückt und mit Schnüren gelber Maiskörner umhangen war, saß ein Mädchen in tiefem Schlaf vorm Spinnrad, den Faden noch in den Händen, die ihr in den Schooß gefallen waren. Ein dünner Strahl spielte auf ihrem Haar, das runde Gesicht war auf die Brust gesunken, die sich unter dem leichten schwarzen Mieder hob und senkte; die Arme waren bloß, und der eine nackte Fuß ruhte noch auf dem Trittbrett des Spinnrades. Die rauhen dumpfen Töne aber, die hier noch schauerlicher klangen, kamen aus einem dunklen Verschlage an der anderen Seite, wo die beiden Spähenden, erst nachdem sie sich an die Dunkelheit gewöhnt hatten, eine unförmliche Bettstatt erkannten, auf der ein menschliches Wesen seinen Mittagsschlaf hielt.

Oberst, sagte der Graf mit leiser Stimme, ich behalte Recht. Wir sind in ein Märchen hineingetreten. Dieses Schloß ist verzaubert, und das Mädchen, das dort auf der Bank vor dem Spinnrade sitzt, ist niemand anders als jenes Dornröschen, von dem uns die Kinderfrau erzählt hat, nur daß die Hexe, die sie verwünscht hat, mit eingeschlafen ist.

Phantast! brummte der Alte. Wollen Sie den Prinzen spielen, der den Zauber löst? Sie werden an der Bauerndirne eine saubere Prinzessin finden.

Indem er dies sagte, stieß er mit dem Fuß in der Dunkelheit an ein hölzernes Gefäß, das an der Wand lehnte. Es verlor das Gleichgewicht und fiel mit lautem Gepolter auf die Fliesen, mit denen die Halle gepflastert war.

Das schlafende Mädchen fuhr erschrocken zusammen, und sie sahen, wie sie sich mit ängstlicher Geberde aufrichtete und ins Dunkel hinausstarrte. Wer ist da? rief sie mit zitternder leiser Stimme.

Zwei Fremde, die das Schloß zu sehen wünschen, antwortete der kleine Graf und ging mit raschen Schritten auf das Gemach zu. Wir haben gestört, fuhr er fort, als er das Mädchen noch immer bestürzt mitten im Zimmer stehen sah. Wir wollen ein ander Mal wieder kommen, wenn es jetzt ungelegen ist.

Großmutter schläft, sagte sie und sah vor sich nieder. Der Vater ist über Land. Im Schloß ist nichts zu sehen, es ist alles verfallen.

Der Graf war an die Schwelle getreten und betrachtete mit verwundertem Mitleiden das junge Geschöpf, das scheu und schweigsam ihm gegenüber stand. Selbst bei der schwachen Dämmerung sah es verstaubt und armselig genug aus in dem braunen Zimmer; Reste eines Maiskuchens standen in zerbrochener Schüssel auf dem Tisch, ein halbgefülltes Milchgefäß war von zahllosen Fliegen belagert, schlechte, geflickte Kleidungsstücke hingen an einer hölzernen Leiste, die um den rohen, graugetünchten Ofen im Winkel herumlief. Auch der Anzug des Mädchens schien sehr vertragen, und nur das glattgestrichene braune Haar, von einem alten Messingkamm im Nacken zusammengefaßt, ließ einen Rest von weiblicher Sorgfalt erkennen. Es überkam den gutherzigen kleinen Herrn in seinen feinen Kleidern eine seltsame Traurigkeit, als er diese Armuth und Verwahrlosung betrachtete; und sie ließ ihm alle Zeit dazu, denn ihr ganzer Vorrath an Worten schien mit jenen ersten hastigen Sätzen erschöpft, und die Augen, die sie beharrlich auf den Steinboden gesenkt hielt, verriethen nichts von dem, was in ihr vorging. Dazu erscholl noch immer das widerwärtige Schnaufen und Röcheln der Schläferin aus dem dunklen Alkoven, wo jetzt der Fremde eine kleine plumpe Gestalt mit herabhängenden weißen Flechten erkannte, die in den Kleidern auf einem schlechten Strohsack lag und manchmal im Traum mit den Armen durch die Luft fuhr.

Liebes Kind, sagte er endlich, nachdem er sich etwas besonnen hatte, es thut mir leid, deinen Schlaf gestört zu haben. Aber da es doch einmal geschehen ist, wäre es mir lieb, wenn du mich durch die übrigen Räume führen wolltest. Ich hätte nicht übel Lust, falls der Besitzer es hergeben wollte, das alte Schloß zu kaufen.

Sie sah noch immer von ihm weg und erwiederte nur: Der Vater kommt erst morgen. Sie können dann mit ihm sprechen. Er hat den Schlüssel zum oberen Stock; da ist aber nichts, als die nackten Mauern.

Gehört das Schloß dem Vater?

Nein, Herr. Er hat nur die Aufsicht.

Und wie lange wohnt ihr schon hier?

Wie lange? – und sie sah auf und wie nachsinnend in die dunkle Vorhalle hinaus. Ich weiß nicht. Vielleicht drei Jahr.

Und wo wart ihr früher?

Ich darf's nicht sagen; der Vater hat es verboten! – und eine dunkle Röthe schoß ihr in die Wangen. Jetzt erst sagte er sich, daß ihr Gesicht vollkommen schön sei, selbst in dieser Verwilderung. Doch waren Schnitt und Farbe fremdartig, strenger und dunkler, als bei den Meranerinnen und den Mädchen von Passeier.

Schon drei Jahr! wiederholte er bedauernd. Und wie alt bist du denn, liebes Kind?

Zwanzig, Herr; oder mehr.

Er hätte ihr kaum sechzehn gegeben, so schüchtern war noch der Wuchs in allen Umrissen, so kindlich herbe die Wange und der blasse Mund. Sag mir auch, wie du heißest, bat er sie.

Filomena, erwiederte sie leise. – Dann entstand eine Pause, in der ihr plötzlich eine dunkle Angst aufzusteigen schien. Sie lief hastig in den Verschlag, wo das Bette stand, und faßte die Alte am Arm. Großmutter, rief sie ihr mit heller Stimme ins Ohr, wacht auf, es ist Jemand da, der das Schloß sehen will.

Mit abgerissenen Scheltworten in einer unverständlichen wel-
schen Mundart richtete sich die Schläferin vom Bette auf, strich sich
mit den dürren Händen die fliegenden Haare von der Stirn und
kam, einen zornigen Blick aus den müden schwarzen Augen schie-
ßend, an die Schwelle. Unwillkürlich sah sich der Graf nach seinem
Begleiter um, denn es ward ihm nicht geheuer der Alten gegenüber.
Von dem Obersten aber war keine Spur zu entdecken.

Die Alte winkte heftig mit der Hand, daß er gehen solle. Nix da!
Nix deutsch! knurrte sie ihn an, während die Junge sich still wieder
an ihr Spinnrad gesetzt hatte und an allem Uebrigen keinen Antheil
mehr zu nehmen schien. Es war unmöglich in irgend einer Sprache
sich mit dem greisen Unhold zu verständigen, denn das reine Italienisch des Grafen fand eben so wenig Eingang, wie seine freund-
lichsten Mienen und selbst das Geld, das er ihr anbot, wenn sie ihn
durch die oberen Räume geleiten wolle.

Sie ist taub, sagte endlich die Junge hinter dem Spinnrad. Sie hört
nur mich und den Vater.

Warum hast du sie geweckt, antwortete der Fremde halb unwillig. Nun denn, ich will morgen wiederkommen. Einstweilen leb
wohl, Filomena!

Das Mädchen schwieg, aber das Gebelfer der Alten scholl hinter
ihm drein, als er sich durch die Halle zurück nach der kleinen
Treppe tastete. Er athmete wie von einem bangen Traum erst draußen in dem heißen Sonnenbrande des Hofes wieder auf.

Auch dort war der Oberst nicht zu finden. Nachdenklich schritt
der Graf, sich den Schweiß von der Stirn trocknend, durch die ver-
moderte Streu von Maisstroh, welche die Katze über den Hof ver-
zettelt haben mochte, dem Portale zu und warf noch einen Blick
nach den Fenstern zurück; hinter denen schien jetzt alles Leben
wieder versunken und verschollen zu sein. Es ward ihm draußen
unter dem Nußbaumschatten leichter ums Herz; er riß ein Blatt ab,
sog den würzigen Duft begierig ein und warf sich, um einen Augenblick auszuruhen und sich zu sammeln, neben dem Stamm des
Christusbildes in das hohe Moos, seufzend, er wußte nicht warum.

Rasche Schritte näherten sich ihm von der Hauptstraße her, und ein stämmiges junges Weib mit einem braunen, offnen und zufriedenen Gesicht kam unter den Bäumen heran, einen Tragkorb auf dem Rücken, in den Händen ein großes graues Strickzeug, an dem sie im Gehen arbeitete. Sie wandte, ohne zu erschrecken, den Kopf, als der Fremde sie anrief.

Wohin geht's? fragte er.

Ich bin die Bäckin, Herr, antwortete sie, und trage das Brod hier oben in die Höfe herum.

Ein saurer Gang in der Hitze.

Es passirt, Herr. Es weht ein viel guter Luft hier oben. Man spürt's kaum, daß der Weg lang ist.

Gehst du auch hier in das alte Schloß?

Freilich, Herr.

Wie heißt man die Trümmer?

Schloß *Planta*. Die Herrschaften, denen es gehört, haben schon lange keinen Fuß mehr hineingesetzt, es ist auch nicht gar sauber darin, aber ein Verwalter wohnt drin mit seiner Tochter und der Mutter von seiner Frau selig, oder seiner eignen, ein Weib wie der Teufel, die Jedem die Zähne weist, die zwei, die sie noch hat. Das arme Ding, es hätte auch wohl gern ein bissel andere Gesellschaft, zumal der Vater wenig daheim ist.

Was treibt er draußen?

Schießen, Herr. Auf allen Preisschießen viele Stunden ringsum bis nach Trient hinunter könnt Ihr ihn finden, und leer geht er nirgends aus. Darüber versäumt er freilich sein Heimwesen, aber im Grund hülf' es auch nichts, Fledermäuse und anderes Geziefer könnte er doch nicht verjagen, und wenn er Tag und Nacht darauf Jagd machte. Sie haben schon zu lange freie Miethe in den alten Löchern. Die Güter aber ringsherum sind verpachtet, bis auf die paar Reben, die im Hof wachsen. Da hat er freilich mit der Hausmeisterschaft wenig Plage.

Ist's ein Bauer hier aus der Gegend?

Nein, Herr. Es weiß so recht Niemand, wo er her ist, außer etwa der Bürgermeister. Er und seine Leut' sprechen nie davon, haben auch gar keine Freundschaft in der Nähe. Es ist nun schon ein Jahr, daß ich ihnen zweimal in der Woche das Brod bringe, aber ich weiß noch so viel von ihnen wie den ersten Tag. Alle Monat werd' ich richtig bezahlt, das ist wahr, und am Ende, was geht's mich an? Wovon einer nicht reden mag, das ist selten was Gescheites oder Lustiges, und ich hab' mein' Tag' lieber gelacht als geweint. Um das Mädel thut mir's aber leid. Das könnt' bildsauber sein, wann's ein ganzes Gewand anzulegen hätt'. Aber selbst Feiertags getraut sich's nur in die allererste Messe, weil's so schlecht angethan ist, und auch wegen der Alten, die Jedem bange macht mit ihrem wüsten Wesen. Nun aber behüt' Gott, Herr! Es ist schon spät, und der Meister wartet zu Haus.

Damit schritt sie an ihm vorbei in die hölzerne Pforte, und er stand ebenfalls auf, um noch vor der Mittagshitze die Stadt wieder zu erreichen. Was er seit dem Morgen erlebt hatte, ging ihm wunderlich durch den Sinn. Es war ihm, als läge der Auftritt mit der schönen falschen Frau, die ihn an sich gelockt hatte, um ihn dann beschämend abzuweisen, schon Jahre lang hinter ihm. Der Stachel, den er von ihr mit fortgenommen, war kaum mehr zu spüren. Desto fester stand ihm das Bild des Mädchens vor der Seele, wie er sie zuerst in dem magischen Zwielicht schlafend erblickt hatte, und hernach jede Bewegung, jeder Ton ihrer Stimme. Ein beklemmendes, räthselhaftes Mitleiden hatte er in ihrer Nähe gefühlt, das dennoch einen geheimen Reiz hatte und ihn nun überall hin begleitete. Es war ihm lieb, dem alten grilligen Mann, der ihm am Morgen zum Vertrauten gerade recht gewesen war, nirgends wieder zu begegnen. Von der Ungarin hatte er ihm sprechen können und seine Sarkasmen nur wie Eis auf einer frischen Wunde empfunden. Was ihn aber in dem alten Trümmernest angewandelt hatte, war ihm selber noch ein Märchen, das man Spöttern und Verächtern nicht gern zum Besten giebt. Jetzt, während seine Füße mechanisch den Abhang hinunterwanderten, schweifte seine leichtbewegliche Phantasie noch immer in den Irrgängen, Winkeln und öden Hallen jenes verzauberten Schlosses herum, ruhte auf der Bank neben dem schlafenden Kinde und spann von dem Wocken ihres Spinnrades einen langen wundersamen Faden herab, bis ihn die dumpfe Stimme der Alten plötzlich aufschreckte.

Es ist Thorheit! sagte er bei sich selbst. Ich bin im Fieber von meiner Feindin weggegangen und habe mit kranken Sinnen dies alles angeschaut. Der Oberst hat Recht, nur in einer überspannten Stimmung kann man in der Natur und bei Naturmenschen den Frieden suchen. Diese unheimliche Familie, von der Niemand weiß, woher sie stammt und was vielleicht hinter ihr liegt, ist nur als Staffage für die Trümmerlandschaft zu genießen. Auch wär' es der baare Unsinn, die alten Mauern etwa ausbauen zu wollen. Was finge ich mit den hundert Gemächern an, die darin Platz hätten? Ja wenn es anders gekommen wäre und ich müßte jetzt daran denken, mich auf ein Familienglück einzurichten! Und dann wäre immer noch die Frage, ob meiner Frau damit ein Gefallen geschähe, wenn ich sie und mich in jene Rebenwildniß vergrübe. *Dieser* Frau nun einmal gewiß nicht.

Dabei kam ihm der Gedanke, wie wunderlich es doch sei, daß die Verführerin sich nun schon Monate lang eben in dem freilich wohnlichen, aber immerhin einsamen Schlosse aufhalte. Einen kleinen Hofstaat hatte sie dort um sich versammelt aus der Aristokratie der Gegend, den Offizieren der Garnison unten in Meran und einigen Fremden, die gleich ihm, dem Grafen, nur ihretwegen ihren Aufenthalt in die heißere Zeit hinaus verlängert hatten. Aber wie konnte ihr dieser Kreis, in dem es völlig an glänzenden Gestalten fehlte, Ersatz sein für die Gesellschaft, deren Mittelpunkt sie in Wien und Paris gewesen war?

Indem er diesen Betrachtungen nachhing, besann er sich auch, daß er selbst am klügsten thun würde, den Ort zu verlassen. Es konnte nicht an Spöttern fehlen, die sein Abenteuer herumtragen würden, und nicht mit jedem seiner Bekannten hätte er die Sache so offen besprechen mögen, wie mit dem alten Menschenhasser, der ihm stets ohne alle Schonung seine Thorheit vorgehalten hatte. Er vermied auch die Wirthstafel des Gasthofes, in dem er wohnte, speiste auf seinem Zimmer und trug seinem Diener auf, jeden Besuch abzuweisen. Als er allein war, verbrannte er ein Tagebuch, das er in den letzten Monaten geführt hatte. Darauf wurde ihm etwas wohler; er fühlte jetzt erst, daß ihm der Schlag nicht ans Leben gegangen war, da der beste Kern seines Wesens von dem aufregenden Reiz dieser Leidenschaft nicht mit berührt worden. Unschlüssig ging er in seinem kühlen Zimmer auf und ab und überlegte die nächste Zukunft.

Er gehörte zu den Menschen, denen ihre völlige Unabhängigkeit mit den Jahren immer fühlbarer zur Last wird, die immer leidenschaftlicher in dem beruf- und pflichtenlosen Strom ihres Daseins nach einem festen Punkt haschen, an den sie sich anklammern könnten, auch auf die Gefahr hin, nun ihrerseits fester, als ihnen lieb sein möchte, an einen Boden gefesselt zu werden, der ihnen nicht freundlich und fruchtbar wäre. Es sind das jene unproductiven Naturen, deren einzige hervorstechende Gabe eine excentrische Gutmüthigkeit zu sein pflegt, von der sie, selten zu ihrem und anderer Menschen Heil, einen verschwenderischen Gebrauch machen. Da kein Talent, kein durch Wahl oder Zwang vorgestecktes Lebensziel ihnen innere Pflichten auferlegt und sie daher beständig wie in Ferien, wie von ihrem eignen Ich beurlaubt, herumgehen, machen sie sich hundert kleine Pflichten, in denen sie die treibende Unruhe eines edlen guten Willens zu stillen suchen, durch keine noch so schroffe Abweisung, keine Enttäuschung, keine Beleidigung egoistischer Naturen jemals für lange Zeit eingeschüchtert.

Es war dem kleinen Grafen etwas Aehnliches selbst mit seiner Leidenschaft für die glänzende Frau begegnet, die er in allem Ernst, gegen seinen geheimsten Instinct, genährt hatte, da er sich einbildete, hier warte seiner eine schöne Pflicht: die reiche, aber ans Nichtige sich vergeudende Natur dieses Weibes zu bändigen und durch den Einfluß einer ehrlichen treuen Neigung zu veredeln. Diese löbliche pädagogische Aufgabe hatte ihn, ohne daß er sich's klar machte, fast lebhafter begeistert, als der Zauber ihres Wesens ihn berauscht hatte. Er war nun plötzlich vollkommen nüchtern geworden; aber in der Leere, die ihn wieder umgab, griff er eilig nach einem neuen, noch abenteuerlicheren Plan, der ihn in den übrigen einsamen Stunden dieses Tages hinlänglich beschäftigte, und ihm eine erquickliche Entschädigung bot für Alles, was ihm eben so unsanft zerstört worden war.

Er hätte jetzt gern den alten Obersten aufgesucht, um im Streit mit ihm und seinem unerbittlichen Hohn zum Trotz sich erst recht in seinem Vorsatz zu bestärken. Der Alte aber hatte ihm nie seine Wohnung gesagt, und obwohl ihn Jedermann als Figur, als ein wandelndes Räthsel kannte, so konnte sich doch Keiner rühmen, etwas Genaueres von ihm erfahren zu haben, als daß er in irgend einem der umliegenden Dörfer seine Wohnung aufgeschlagen habe und seit einigen Monaten mit dem Hammerstocke die Berge und Thäler auf und ab durchwandere. Selbst sein Name war streitig; die Wenigen, mit denen er überhaupt je ein Wort gesprochen, nannten ihn Herr Oberst, ohne zu wissen, ob sein militärischer Rang oder sein Familienname damit bezeichnet sei. Daß er Militär gewesen, sah man auf den ersten Blick. Weiter hatte selbst der Graf nichts von seinen Verhältnissen erfahren können, trotz der kindlichen harmlosen Zuthulichkeit, mit der er bei zufälligem Begegnen sich ihm angeschlossen hatte. Denn auch hier meinte der warmblütige, müßige Enthusiast ein gutes Werk zu thun, wenn er dem Alten seinen menschlichen Antheil unermüdlich entgegenbrächte. Und da es wirklich mit der liebenswürdigsten Unbefangenheit geschah, ließ der versteinerte alte Mann nach den ersten schroffen Ausbrüchen der Ungeduld den Verkehr so lose und zufällig, wie er war, sich gefallen.

Abends, als der Graf hinter geschlossenen Jalousieen am Fenster stand und auf die staubige Gasse hinuntersah, bemerkte er mehrere Offiziere, die zusammenstanden, lachten und zuweilen nach seinem Zimmer hinaufdeuteten. Der Gedanke, sein heutiges Abenteuer gebe den Anlaß zu ihrer Heiterkeit, war ihm empfindlich genug. Aber er wußte nun schon, wo er sich vor allen Spötterblicken zu verschanzen hatte; er legte sich früh schlafen, und in seinen Träumen stieg aus den Trümmern des alten Schlosses ein zierlicher Wohnsitz auf, und er selbst ging in den Rebenlauben umher und spielte den Winzer und pflog ernsthafte Gespräche mit dem Mädchen, das in sauberer Bauerntracht neben ihm wandelte, einen Korb tragend, in den er die schönsten Trauben sammelte. Er betrachtete dabei das junge Gesicht – das noch immer nicht froh, aber doch nicht mehr so verwildert und erschrocken dreinschaute – mit Blicken halb wie ein Bruder, halb wie ein Vater. Sein Blut floß ruhig, und in ihr Gespräch mischte sich kein Hauch von verliebter Tändelei. Sie erzählte ihm hastige traurige Geschichten aus ihrer Jugend; der Vater kam plötzlich dazu und nickte ernsthaft mit dem Kopf, als wollte er sagen: So war's! Ist das nicht schlimm genug? – Dann sprach er ihnen Beiden Muth ein, und sie setzten ihren Weg fort, bis der alte Oberst plötzlich aus dem Hause trat und mit seiner kaltblütigen Manier sagte: Seife thut's freilich nicht, und Sie mögen das Mädchen waschen, so viel Sie wollen: die Haut wird rein, das Blut aber bleibt schmutzig. Da hob der Vater seine Flinte und drohte, den Alten zu erschießen; der aber sagte: Schießt immerzu, Steine schießt man nicht todter, als sie schon sind. – Und solcher Träume mehr, die immer banger und verworrener wurden, bis der Schläfer, in Schweiß gebadet, erwachte.

Indessen ließ er den Nachmittag herankommen, ehe er seinen Gang nach dem alten Schloß hinauf wieder antrat. Es war ein gewitterhafter Duft über den ganzen Himmel verbreitet, und der Weg wurde dem Steigenden beschwerlich, obwohl er sanft bergan führte. Er kannte diesen Weg Stein für Stein, wenigstens die Viertelstunde weit bis an den Brunnen, wo die Straße sich theilt, links nach Planta abbiegend, rechts nach dem Schlosse jener Armida, zu der er manche Woche Tag für Tag gegangen war. – Jetzt saß er am Brunnen auf einem Holzstoß und bedachte den Wechsel der Zeit und seines Herzens. Jene Straße zur Rechten, die er so lange blindlings eingeschlagen, war ihm plötzlich wie durch eine unsichtbare Mauer verlegt, und wußte er, wie oft er noch den Weg zur Linken betreten würde?

Indem er mit gedankenloser Melancholie in die Brunnenröhre sah, in der das Wasser in steter Unruhe stieg und sprudelte, ohne doch die Höhe des Troges zu überwallen, kam ein auffallendes Paar auf dem Wege zur Rechten daher, ein schöner junger Mensch in eleganter Sommerkleidung, das feine Strohhütchen etwas schief aufgesetzt, eine dunkle Nelke im Knopfloch, die lange Virginia-Cigarre fest zwischen den Lippen, daß der blaue Rauch dann und wann durch das glänzend schwarze Bärtchen hervorquoll. Er war eher klein als groß, aber von einer natürlichen Anmuth der Bewegung, und bei der dunklen Gesichtsfarbe und dem herausfordernden Blick so männlich in der Erscheinung, daß ihn Niemand über die Achsel ansehen konnte. Der Graf war ihm in Meran oft begegnet, ohne ihn zu beachten. Er gehörte zu den wenigen Löwen und Stutzern der kleinen Stadt, die den Tag im Kaffeehause und auf der Gasse verschlendern und regelmäßig bei der Post zu finden sind, wenn die Eilwagen ankommen, um die neuen Gesichter zu mustern. Dieser war ohne Frage, wie der schmuckste, so auch weitaus der manierlichste und weltläufigste unter seinen Genossen. Er mochte in Venedig gewesen sein, vielleicht gar in Wien, und hatte eine nachlässige Sicherheit in seinem Wesen, die den Andern als das Muster des feinen Tones vorschwebte. Sein Vater besaß ein Haus und einen Waarenladen in Meran, auch Weingüter und Wiesen; man wußte nicht recht, wie viel davon noch sein war, da er oft das Hypothekenbuch bemühte, auch auf einem bequemen Fuße lebte und den Sohn nicht minder gewähren ließ. Dies alles freilich war dem Grafen unbekannt. Aber nur allzu gut kannte er die Zofe, die der junge Löwe am Arm führte; wie oft hatte sie ihm die Thür zu ihrer schönen Herrin geöffnet und mit einem ehrfurchtsvoll verschmitzten Knix nach seiner Hand gegriffen, um sie, dankbar für so manches goldene Souvenir, an die Lippen zu drücken. Das Mädchen war nicht eben reizend und sah vollends unvortheilhaft und verblüht aus neben dem bildschönen jungen Galan, der sie auch mit einer vornehmen Miene, als geschähe es nur aus Gnaden, des Weges führte und nach ihrem lebhaften Geplauder kaum hinzuhören schien. Eine unsäglich widrige Empfindung überkam den Grafen beim Anblick dieser Mitwisserin seiner Schicksale. Er mußte sie als mitverschworen ansehen und wandte unwillkürlich den Kopf, um nicht erkannt zu werden. Zum Glück hatte er die schwarze Kleidung mit einem leichten Jagdrock vertauscht und einen breitrandigen Strohhut aufgesetzt. So ging das Paar achtlos an ihm vorbei und sobald sie hinter den Weingütern verschwunden waren, stand er eilig auf und setzte hastiger seinen Weg fort, als könne er die Zeit nicht erwarten, bis er den Ort seines Weltasyls wieder mit Augen sähe.

Im Thal lagen schon abendliche Schatten, aber die hohen Epheuwände standen noch in voller Sonne. Seine Gedanken hatten diese Mauern seit gestern so unablässig umkreist, daß ihm jetzt war, als sei er dort schon zu Hause und komme nach längerer Abwesenheit wieder zurück. Er fand das Mädchen im Hof, auf einem großen Block dürres Holz in Splitter hackend für die Küche. Nun erst in der Tageshelle fiel ihm ihre armselige Kleidung, deren sie sich selbst nicht zu schämen Schien, peinlich auf; er hatte sie in seinen Träumen schon so schön herausgeputzt. Auch der scheue Blick, mit dem sie von ihrer Arbeit aufsah, war ihm befremdlicher, als das erste Mal; zugleich aber zog ihn die aus aller Verwilderung rein hervorleuchtende Schönheit des Kindes noch mächtiger an. Er verlor sich einige Augenblicke in ihr Anschauen und verzögerte die Frage, die er auf den Lippen hatte.

So kam sie ihm mit der Antwort zuvor. Er ist noch nicht wieder zu Haus, der Vater, sagte sie. Ich weiß auch nicht, wann er kommt.

Als er darauf noch immer schwieg, hob sie wieder das kleine blanke Beil und fuhr gleichgiltig in der Arbeit fort.

Liebes Kind, sagte er jetzt, ich bin müde vom Steigen. Ich darf hier wohl ein wenig ausruhen?

Sie erwiederte nichts, und er setzte sich auf eine morsche alte Bank in ihrer Nähe. Wo ist der Vater denn hingegangen? fragte er nach einer Weile.

Nach Lana, zum Schießen.

Und bleibt er oft so viele Tage weg?

Wie sich's eben trifft. Vielleicht ist er nach Bozen, wo auch ein Schießen ausgeschrieben ist.

Und wird dir die Zeit nicht lang, Filomena, wenn du hier so allein bist mit der Großmutter?

Sie schüttelte den Kopf, als verstünde sie den Sinn der Frage nicht. Ihre stillen traurigen Augen sahen vor sich hin, wie wenn sie nie etwas anderes gesehen hätten, als die verwitterten Steine da drüben und den dunklen Epheu, über den die Zeit mit Winter und Sommer spurlos hingeht.

Ist die Großmutter gut zu dir? fing er wieder an.

Sie nickte, aber ein verhaltener Seufzer hob ihre Brust.

Und du fürchtest dich auch gar nicht mit der tauben alten Frau hier so allein, bei Tag und Nacht? Es streift doch oft Gesindel hier herum, Slowaken, Kesselflicker, betrunkene Soldaten. Wenn sie nun einmal hier hereinbrächen und überfielen dich und du könntest die Großmutter nicht herrufen?

28

Nein, nein, sagte sie plötzlich mit einer seltsamen Hast. Es kommt Niemand, es fragt Niemand nach uns, wir sind arm. Und wenn was käme, bei Nacht – die Großmutter würde es schon merken. Sie schläft nur am Tag, so lange die Sonne hoch steht, drei oder vier Stunden, weil ihr da die Augen weh thun. In der Nacht sitzt sie und spinnt, und sieht dann so gut, wie ich am hellen Tage, besser als die Eulen, auch wenn kein Stern Scheint und der Faden wird immer glatt und gleich. Nein, nein, es kommt Niemand zu uns, den sie nicht gleich bemerkte, außer – wenn sie einmal Wein getrunken hat.

Die letzten Worte waren ihr halb unbewußt entfallen. Sie erschrak sichtbar, und ein flüchtiger bittender Blick, den er sich nicht zu deuten wußte, streifte dabei seine Augen.

Möchtest du aber nicht zuweilen hinaus und andere Menschen sehen und Mädchen von deinem Alter, und auch einmal nach der Stadt hinunter, wenn Markt ist?

Was sollt' ich mir kaufen? erwiederte sie ruhig.

Nun, sagte er lächelnd, es fänden sich wohl Andere, die dir gern das Hübscheste, und was dir nur gefallen möchte, kaufen würden, wenn du sie freundlich dafür ansähest.

Eine dunkle Röthe übergoß sie plötzlich. Sie schüttelte abweh-rend den Kopf und schlug mit dem Beil so heftig auf die harten Aeste, daß die Splitter weit herumflogen.

Ich meine ja nichts Schlimmes, Kind, sagte er, von ihrer wunder-lichen Heftigkeit betroffen. Du wirst doch aber nicht dein Lebtag hier in dem alten Schlosse bleiben, sondern einen braven Burschen zum Mann bekommen und ein hübscheres Quartier, als dieses da. Möchtest du nicht, Filomena?

Ich will nicht fort vom Vater, erwiederte sie dumpf, immer noch in voller Glut. – Ohne daß er sich's eingestand, war es ihm lieb, sie noch so trotzig und kindisch zu finden, wie er sie nach diesen Re-den vermuthen mußte. Liebes Kind, sagte er, du bist noch jünger als deine Jahre. Aber was sagtest du, wenn ich das Schloß hier kaufte und mir und euch eine bessere Wohnung darin ausbaute? Möchtest du dann wohl mit dem Vater zusammen bei mir bleiben?

Ehe sie noch etwas erwiedern konnte, klappte oben über ihren Häuptern der Fensterladen, und die Stimme der Alten rief laut und zornig etwas hinunter, was der Graf nicht verstand. Ich muß fort, sagte das Mädchen und raffte das kleingehauene Holz in die grobe Schürze zusammen, die sie um die Hüften gebunden hatte. Dann ging sie eilig in die kleine Thür, und er fühlte sich nicht aufgelegt, ihr zu folgen und der Alten wieder zu begegnen, die noch immer ihr unförmliches Haupt zum Fenster hinausstreckte und ihn mit einer Fluth welscher Scheltreden übergoß. Draußen aber unter den Nußbäumen verzog er noch ein wenig; er bildete sich fest ein, sie müsse noch einmal herauskommen, und überlegte, was er ihr dann noch sagen wollte. Sie kam nicht; verstimmt und aufgeregt trat er den Rückweg an.

Bei der nächsten Biegung der Straße traf er mit dem Alten zusammen, der ohne ihn zu grüßen vorbeischritt, diesmal aber wohl durch die veränderte Kleidung getäuscht, da er, das Gesicht immer auf die Steine gesenkt, überhaupt kaum darauf achtete, ob ein Mensch an ihm vorüberging. Der Graf hielt ihn an. Warum haben Sie mich gestern im Stich gelassen? fragte er.

Ich bin nicht gern, wo ich nichts zu suchen habe, gab der Alte mürrisch zur Antwort. Nun? fuhr er fort und maß den Andern mit einem strengen Blick; das Abenteuer schon hübsch im Gange, Herr Graf? Den Vogel schon ein wenig kirre gemacht? Ist Ihnen auch zu gönnen, der artige kleine Scherz, nach dem schlechten Spaß gestern früh.

Oberst, Sie thun mir sehr Unrecht. Sie wissen nicht –

Daß Sie eben wieder von der Dirne in dem alten Modernest kommen? Daß Sie sie schon zahmer und vertrauter gemacht, wohl gar mit Vater und Mutter schon so ein paar Biedermannsworte gewechselt haben, daß auch die sich nur das Beste denken müssen, wenn sie die Narren sein wollen?

Sie irren gewaltig, mein Verehrtester, wenn Sie mir nur von fern leichtsinnige Absichten zutrauen. Im Gegentheil –

O gewiß, unterbrach ihn der Alte mit bitterem Lachen, sie sind ein Mann von Ehre, ein perfecter Cavalier, und überdies ein Menschenfreund. Sie wollen der Dirne wohl; es jammert Sie, das Kind so verstauben zu lassen; auch ist der Gegensatz so verlockend; gestern ein Vollblutfrauenzimmer, die alle Tage dreimal das Kleid wechselt, und heute das Aschenputtel, am Wege aufgelesen. Nun, wie gejagt, es ist Ihnen zu gönnen. Ich wünsche viel Vergnügen.

Er wollte, die Mütze lüftend, vorbei, aber der kleine Graf, jetzt in wirklicher Entrüstung, hielt ihn am Arm und brach los: Sie haben es darauf abgesehen, mich zu beleidigen, aber so sehr ich Cavalier bin, ich wäge Worte nicht, die von Ihnen kommen, denn Sie sind ein Unglücklicher oder gar ein Verstörter. Aber ich möchte Sie doch bitten, Ihre höhnischen Bemerkungen über meine Ehre –

Halt! sagte der Alte überlaut. Was für eine Ehre meinen Sie? Cavaliersehre? Mannesehre? oder gar die Ehre, um die kein Hund uns beneidet: die Ehre, ein *Mensch* zu sein?

Der Graf starrte ihn an; in diesem Augenblick stieg ihm wirklich der Verdacht auf, er möchte es mit einem Irren zu thun haben, so furchtbar war der Blick des Alten, der ihm bis ins Mark drang. Halb verlegen antwortete er: Sie stellen seltsame Fragen. Nur so viel will ich Ihnen erwiedern, daß ich mich für den ruchlosesten Schurken halten würde, wenn ich je nur mit einem Hauch den Frieden und die Unschuld dieses armen Mädchens trüben sollte.

Sie sind ein edler Mensch, sagte der Alte mit einem Ton, der halb ironisch, halb kummervoll klang, so edel, wie nur die Edelsten unseres Geschlechtes. Schade nur, daß sich auch die Edelsten nicht länger halten, als – ein Hirschenziemer im Monat August. Heute noch das leckerste Essen, und morgen ein Fraß für die Hunde. Es kommt wie gesagt nur auf die Temperatur an. Wenn das Blut auf den Siedepunkt steigt, dann gute Nacht alle guten Vorsätze, die man noch bei zehn Grad über Null so heilig beschworen hat. Ich meine damit nichts besonderes, Herr Graf; es ist nur so eine Betrachtung. Legen Sie Ihre Ehre hübsch auf Eis, wenn Sie sie conserviren wollen. Ich habe die Ehre, mich zu empfehlen.

Er griff militärisch an die Mütze und entfernte sich so rasch, daß er schon weit hinaufgestiegen war, als der Andere erst aus seiner Betroffenheit sich wieder zu fassen vermochte. Langsam stieg er hinab und grübelte über den feindseligen Reden des Alten, über allen Räthseln, die das Schicksal der armen Jugend, für die er so lebhaft fühlte, umgaben, und über den schwankenden Regungen in seiner eigenen Brust. Der Oberst hatte einen Mißton in seine so schön zusammenstimmenden Pläne gebracht. Er war sich der reinsten Absichten bewußt. Aber er mußte sich sagen, daß freilich Gefahr drohe, das Mitleiden, der menschliche, selbstlose Antheil möchte mit der Zeit sich lebhafter entzünden, als heilsam für seine Ruhe sei; er war nicht eitel genug, auch die Ruhe des *Mädchens* ernsthaft gefährdet zu glauben. Und was sollte dann aus der weltabgeschiedenen Idylle werden? Der Gedanke, daß er Filomena noch einmal zu seiner Frau machen konnte, erschien auch ihm wie eine thörichte Phantasterei.

Er beschloß den folgenden Tag, seine krankhaft erregte Stimmung durch eine Luftveränderung zu besänftigen, nahm einen Wagen und fuhr ins Vintschgau hinauf bis zu dem hochgelegenen Partschins, wo es noch frühlingsmäßiger war, die Reben noch nicht abgeblüht hatten und aus der Bergschlucht, durch die der Wasserfall braust, kühle Lüfte zur Genüge hervorbrachen. Aber so viel er sich Mühe gab, seine Gedanken ganz von den jüngsten Ereignissen abzuziehen, es gelang ihm nur auf Augenblicke. Dann kehrten seine Zweifel, Wünsche und Träume nur um so zudringlicher zurück, und als er in der Abendstille auf der dämmernden Chaussee heimfuhr, war er um nichts gefördert in seinen Entschlüssen, noch die seltsame Trübe gelichtet, die sich über seine Stimmung gelagert hatte.

Auf dem weinumlaubten Altan, zu dem eine Treppe von der Gasse hinaufführte, saß ein stämmiger breitschultriger Mann, der auf ihn gewartet zu haben schien und bei seinem Kommen von der Bank aufstand, den schlechten grauen Filzhut abnahm und etwas zwischen den Zähnen murmelte. Er trug eine vielgefleckte grobe Joppe, schwere Nagelschuhe, kein Tuch um den starken, sonneverbrannten Hals, und in den tiefen Zügen des starkknochigen, ganz von röthlichem Bart umwucherten Gesichts lag so viel finsteres Schicksal, daß der Graf unwillkürlich in die Tasche griff, in der Meinung, es mit einem Bettler zu thun zu haben.

Ich werde den Herrn Grafen nicht lange aufhalten, sagte der Mann mit einer unwillig abwehrenden Bewegung, möcht's aber nicht hier auf der Gasse abmachen.

Wer sind Sie? fragte der Graf, indem er verwundert den reinen Accent des Fremden mit seiner verwahrlosten Kleidung verglich.

Weber heiß' ich und bin der Schloßaufseher droben in Planta. Der Herr Graf hat mich sprechen wollen.

Sie sind der Vater des Mädchens, das ich da oben gesehen habe?

Der bin ich, Herr, denk' aber nicht, daß das zur Sache gehört, erwiederte der Mann mit gerunzelter Stirn. Der Herr Graf hat das *Schloß* sehen wollen, um es zu *kaufen. Deshalb* bin ich hier.

Sie waren indessen eingetreten, der Bärtige aber nahm auf dem Stuhl nicht Platz, den der Graf ihm anbot, sondern schien offenbar Willens, das Geschäft so bündig als möglich abzumachen.

Indessen rief der Graf nach Licht, öffnete die Jalousien dem erquicklichen Zugwinde, schickte seinen Diener nach Wein und warf sich, eine Cigarre anzündend, in den Armsessel am Fenster, während der Andere in wachsender Ungeduld mitten im Zimmer stand. Herr Graf, sagte er endlich, ich habe weniger Zeit zu verlieren, als Sie, wollte darum nur gehorsamst fragen, ob es Ew. Gnaden Ernst ist mit dem Handel, oder nur so gesagt war, wie es schon Manche gesagt haben, wenn sie in den alten Mauern herumgestiegen sind.

Der Graf sah ihm beim Schein des Armleuchters forschend ins Gesicht. Ueber der Bemühung, zwischen Vater und Tochter eine Aehnlichkeit aufzufinden, überhörte er die Frage.

Herr Weber, sagte er jetzt, Ihr seid noch nicht lange in dieser Gegend?

Was hat das mit dem Kauf zu schaffen? murrte der Andere und fuhr hastig auf. Ich bin nicht hier, um Rede zu stehen über *meine* Angelegenheiten, sondern im Dienst meiner Herrschaft. Wenn es Ew. Gnaden nicht Ernst ist mit dem Kauf, so will ich nur gleich meiner Wege gehen.

Lieber Freund, begütigte ihn der kleine Herr, Ihr seid auch allzu kurz angebunden. Setzt Euch nur ein wenig nieder – und da kommt Wein. Wir wollen die Sache nicht so trocken mit einander abmachen.

Ich danke gehorsamst, ich trinke nichts, erwiederte der Andere, mit einem Gesicht, das dem Bedienten allerlei Verdacht einflößen mochte. Er stand und schien seinem Herrn einen Wink geben zu wollen. Der aber hieß ihn das Zimmer wieder verlassen.

Nun denn, nahm er das Wort, als sie allein waren, Ihr habt Eile, wie ich sehe. Aber so ganz stehenden Fußes wird sich die Sache dennoch nicht ins Reine bringen lassen. Ich habe freilich den lebhaftesten Wunsch, die Ruine an mich zu bringen und ausbauen zu lassen. Aber dazu gehört, daß ich sie erst genauer ansehe, auch durch einen Sachverständigen prüfen lasse, was die alten Mauern noch aushalten; und dann muß ich doch auch die Forderung Eurer Herrschaft wissen, und das Alles will hin und her erwogen sein.

Herr Graf, erwiederte der Bärtige und drehte mit einem bösen scheuen Blick der starkgerötheten Augen seinen Hut in den Händen, nehmen mir's Ew. Gnaden nicht übel, aber ein schlechteres Geschäft, als mit dem alten Trümmerhaufen, ist nicht leicht zu machen, und wer sein Geld daran verlieren will, muß erst schon was *Anderes* verloren haben.

Ihr redet gerade heraus, Herr Weber!

Ich darf's schon, sagte der Andere, immer in demselben barschen Ton, ich hab's der Herrschaft ins Gesicht gesagt, für *das* Geld würde sich nimmermehr ein Käufer finden. Denn was man erst noch hineinstecken muß, um den Schutt wegzuräumen und wieder bis an die Fundamente zu kommen, dafür baut sich einer schon ein ganz schmuckes Haus. Und dann, so ein Schloß, die hundert Fuhren Steine und Sand und die hohen Löhne bei dem faulen Volk hier, und wenn man Welsche nimmt –

Schon gut, unterbrach ihn der Graf; von dem Allen läßt sich nachher reden, mit dem Baumeister. Wißt Ihr die Forderung und habt Vollmacht von der Herrschaft?

Der Andere nannte eine ansehnliche Summe und beobachtete gespannt, welchen Eindruck die Mittheilung auf den Grafen machen würde. Als sich das joviale runde Gesicht des kleinen Herrn nicht in längere Falten zog, erschrak der Bärtige sichtlich. 's ist auch nicht das Geld allein, setzte er eilig hinzu; auch die Lage ist ungesund, und weit und breit finden Sie nicht so viel Ratten, Schlangen und Scorpione, wie dort. Was erst an Ungeziefer in den Zimmern ausgebrütet wird, ist nicht zu sagen. Es heißt, der Bau sei auch aus keinem anderen Grunde ins Stocken gerathen, als weil die Dame vom Schlosse selbst von einer Kreuzotter gebissen worden sei.

Was Ihr sagt, Herr Weber!

So hab' ich sagen hören, Herr Graf – und der Bärtige fuhr sich mit dem Aermel der Joppe über die Stirn, um sich den Schweiß abzutrocknen, oder auch seine Züge zu verbergen, in denen eine lebhafte Aufregung hin und her zuckte.

Der Graf verwandte kein Auge von ihm. Herr Weber, sagte er in seinem gutmüthigsten Ton, Ihr sähet es ungern, wenn ich die Ruine kaufte.

Ich sage nur, was wahr ist. Was ich sage, weiß alle Welt, die Herrschaft auch; die hätte sonst selber weitergebaut; und Sie werden es selbst finden, Herr Graf, wenn Sie sich's genauer ansehen. Daß ich's keinen Hehl habe, geschieht nur, um Ew. Gnaden Mühe zu sparen. Was wollen Sie in dem Staub und Moder noch viel herumkriechen? Kaufen thun Sie es doch nicht; ich weiß zu Viele, die erst großmächtige Lust hatten und sie sich wieder vergelten ließen.

Ich habe aber einmal eine Passion dafür gefaßt, und was Ihr mir von Schlangen und Ungeziefer sagt, das schreckt mich wenig, das wird schon noch zu vertreiben Sein. Und dann, wohnt Ihr nicht selber da mit Eurer Tochter und seid doch bis auf den heutigen Tag ungebissen und unvergiftet?

Wir? – und der Bärtige sah mit einem bitteren Grimm in die Höhe. Wir gehören dazu, wir sind so zu sagen von der Familie; uns thun sie schon nichts.

Ei, scherzte der Graf, Ihr macht es ja ganz gefährlich. Ihr seht freilich aus, als ob Ihr Haare auf den Zähnen hättet und auch bei Gelegenheit beißen könntet, aber Eure Tochter –

Herr Graf! fuhr der in der Joppe wieder auf, ich muß nochmals bitten, mich und wer sonst zu mir gehört aus dem Spiel zu lassen. Ob ich eine Tochter habe, oder nicht, thut den Henker nichts zur Sache, und wenn es weiter nichts ist, als daß der Herr Graf etwa –

Er stockte und machte eine Bewegung, als wolle er kurzweg das Zimmer verlassen.

Ihr irrt Euch sehr, mein Freund, sagte der Graf gelassen. Wenn ich das Schloß an mich bringe, gehört Ihr selber sehr wohl zur Sache. Ich kann's Euch nicht übel nehmen, daß Ihr nicht zuvorkommender seid. Ihr scheint Euch in dem alten Nest ganz wohl zu besagen und meint, wenn es in andere Hände käme, würdet Ihr den Posten verlieren, an dem Ihr nun einmal hängt, so wenig er Andere locken würde. Aber seid unbesorgt. Wenn ich darin bauen lasse, für Euch und Eure Tochter wird schon ein Quartier bleiben; und mir läge selbst daran, einen zuverlässigen Mann darin zu haben, für die Zeit, daß ich abwesend wäre, und einen, der auch beim Bau die Aufsicht hätte und in der Gegend Bescheid wüßte.

Dann müssen Ew. Gnaden sich nach einem Anderen umsehn, versetzte der Mann finster. Ich bleibe keinen Tag länger, als bis Zur Uebergabe, und was der Herr Graf mir auch böte, ich müßte danken. Warum? Das ist halt *meine* Sache. Uebrigens bin ich's der Herrschaft schuldig, den Herrn Grafen sehen zu lassen, was er sehen mag; wollt' nur bitten, daß es etwa in den nächsten Tagen sein könnte; später muß ich wieder fort.

Ihr seid ein großer Schütz, wie ich höre.

Ich stehe meinen Mann, weiter nichts.

Seid Ihr Soldat gewesen?

Ein mißtrauischer Blick und ein kurzes Hm! war die ganze Antwort. Der Graf sah wohl, daß er den Schlüssel zu dem Zutrauen des wunderlichen Mannes noch nicht gefunden habe. – Nun also, warf er hin, ich komme morgen in der Frühe, und Ihr zeigt mir das Schloß, und dann reden wir weiter. Ich danke Euch für die Mühe, mich aufgesucht zu haben.

Keine Ursach, Herr Graf. Wohl zu schlafen!

Damit war der Einsilbige zur Thür hinaus, und der Graf blieb unschlüssiger und gedankenvoller zurück, als er schon den ganzen Tag über sich befunden hatte.

Auch weckten ihn seine Gedanken vor Sonnenaufgang, und in der schönen Morgenkühle stieg er den Weg durch die Weingärten hinan und ruhte lange auf einer Bank, von wo er auf die Dächer des Städtchens, die in duftigem Morgenrauch standen, und zu den reinen Berghäuptern des Vintschgaues hinüberschaute. An diese Stelle meinen alten Obersten! rief er unwillkürlich laut aus. Wenn er hier nicht bekennt, daß die Natur ihren Frieden über uns ausgießt, sobald wir uns ihr nur hingeben, so ist er ein sinnlos Eigensinniger. Wann genießen wir *das* in der *Stadt*, dieses träumerische Zwielicht, diesen würzigen Athem, den alle die stillen Pflanzen dort aushauchen, über Nacht vom Thau so geräuschlos erquickt, drunten der Fluß, der immer frei und ungetrübt von Frohndiensten seine Felsenstraße zieht, nichts lebendig ringsum, als seine Wellen, und drüben vom Thurme die ersten Glockentöne! Nein, man braucht nicht zu versteinern, um hier mit der Welt und ihrem Schöpfer sich im Einklang zu fühlen. Und wer hier nicht blos die Augen weidet, sondern auch seine Seele an einem nützlichen Tagewerk – wie könnte der jemals Langeweile oder Uebersättigung empfinden, denen man draußen rettungslos anheimfällt!

Indem er tiefer und tiefer sich in seine idyllischen Träume einspann, glaubte er, nun auch dem Räthsel auf die Spur zu kommen, weshalb der bärtige Gast von gestern es so heftig abgewiesen, im Schlosse zu bleiben, wenn er es besäße und dort Neuerungen vornähme. Eine düstere Vergangenheit, sagte er sich, mag ihn in jenen öden Winkel getrieben haben, vielleicht eine schwere Schuld; auch er hat Frieden in der Natur gesucht, und fürchtet nun, wieder darum gebracht zu werden. Er stellt sich vor, daß ich die alten Mauern zum Schauplatz eines lauten, lustigen Lebens machen und den Zauber verscheuchen würde, der sich dort um ihn und sein Kind gewoben hat. Wenn er erst erfährt, daß ich ein Bauer werden will und dort gleich ihm verschallen und der Welt absterben, wird er die Sache mit anderen Augen ansehen.

So legte sich's der warmblütige Schwärmer zurecht, wie er es wünschte, und die Heiterkeit, die ihm seit Kurzem verloren gegangen war, kehrte wieder zurück. Auch wurde sie kaum erschüttert durch den Schritt eines Nahenden, in dem er den schönen jungen Mann, den Meraner Löwen, wieder erkannte. Der kam offenbar von einem nächtlichen Besuche aus jenem unheilvollen Schlosse droben am Abhang über der Naif, das jetzt mit geschlossenen Läden todtenstill ins Thal herabsah. Der Jüngling schien den Einsamen auf der Bank nicht zu bemerken, sondern ganz in seine zärtlichen Geheimnisse verloren; er sang im Niedersteigen halblaut ein damals beliebtes italienisches Lied und schlug mit seinem Stutzerstöckchen den Takt auf den Steinen am Weg. Früher hätte der Graf ihn nicht ohne Eifersucht dieses Weges kommen sehen. Jetzt wünschte er sich im Stillen Glück zu der Ruhe, mit der er an die Möglichkeit dachte, daß der nächtliche Besuch nicht der Zofe, sondern der Herrin gegolten haben könnte. Und wenn es wäre, was ja, wie er mit Augen gesehen, nicht der Fall war, was kümmerte es ihn? Was hatte er noch mit ihr zu schaffen?

Nach und nach wurde es lebendiger von Männern und Weibern, die in die Stadt hinab und aus dem alten Thor auf den vielzerklüfteten Felspfaden in die Berge stiegen. Nun durfte er auch nicht mehr fürchten, die Leute von Planta in ihrer Morgenruhe zu stören, und ging behaglichen Schrittes vollends hinauf. Die Sonne war noch vor ihm droben und vergoldete die Epheusturmhauben der alten Thürme und die Wipfel der Nußbäume, daß er wieder, von Neuem überrascht, davorstand, und der Gedanke, diese Märchenpracht sein eigen zu nennen, ihm verlockender schien, als je. Nur die beiden schwarzen grunzenden Insassen des einen Thurmes störten die andächtige Träumerei, mit der sich sein Geist in der wundervollen Scenerie erging, hier und dort ergänzend, einen Erker, einen Altan in die Epheuwand einflickend, und über dem Portal sein eignes Wappen einmeißelnd, statt des zerbröckelten Schildes der früheren Besitzer. Das Crucifix sollte erneuert werden, der verwilderte Garten an der Schattenseite schön gelichtet und neu angepflanzt, und an der Mauer, wo die schwarzen Rüssel den Epheu verwüsteten, neue Ranken eingesetzt, um die nackten Stellen den übrigen gleich zu bekleiden. Und dann sollte kein widriger Ton die Morgenstille wieder verstören, vielleicht aber ein Paar Windharfen in den leeren

Fensterrahmen ihre Stelle finden. Denn Einiges mußte auf jeden Fall bleiben, wie es war, und der neue Bau war schon umfangreich genug, wenn er nur zwei Flügel des großen Vierecks umfaßte und den Rest als malerische Decoration bestehen ließ.

Nun trat er in den Hof, im Stillen hoffend, daß er dem Mädchen zuerst begegnen möchte. Statt ihrer aber sah er den Vater, als habe der ihn längst erwartet, in der Thür unter dem Holzschuppen stehen und zum Gruß nicht eben freundlich den Hut lüften. Auch an den Fenstern, obwohl sie der Morgenkühle geöffnet waren, erschien nirgends das traurige junge Gesicht, das er so gern gesehen hätte, und seine Verwunderung wuchs, als er nun mit dem wortkargen Mann die inneren Räume durchschritt und auch droben in keinem Winkel Filomena sich blicken ließ. – Er entsann sich noch zu genau der barschen Art, mit der der Vater gestern jede peinliche Frage abgeschnitten hatte, und hütete sich, ihn von Neuem zu reizen. Mit einem scheelen Blick ohne jeden Gruß empfing ihn die Alte, die noch am Spinnrad saß, ganz hinten in der Ofenecke; eine Schüssel mit gelber Polenta stand neben ihr auf der Bank; zuweilen griff sie mit der Hand hinein und aß unsäuberlich und hastig, während sie hüstelnd vor sich hin murmelte.

Der Graf eilte, aus diesen Räumen wieder hinauszukommen, und stieg seinem Führer in das Obergeschoß auf einer baufälligen Treppe nach. – Droben war der ganze mächtige Raum in den nackten Mauern wohl erhalten, aber keine Gemächer abgetheilt, auch die Balken der Decke noch ohne Bewurf, nur mit zahllosen Nestern, Spinneweben und verlorenen Epheuranken beklebt, ein freier Tummelplatz für allerlei Gethier, Vögel und Fledermäuse, die beim Eintritt der Männer mit lautem Schwirren und Schreien auseinander stoben. Man sah aus den Südfenstern weit über die Rebenabhänge ins Etschthal hinaus, zur andern Seite in den wüsten Hof, wo noch graue Dämmerung herrschte.

Dies wäre also zunächst in Angriff zu nehmen, und meines Bedünkens ließe sich mit geringen Kosten hier etwas Stattliches herstellen, sagte der Graf.

Sein Führer Schwieg. Er hatte die Miene der völligsten Gleichgiltigkeit angenommen, stand immer ein Paar Schritt von dem Grafen entfernt und gab nur auf ausdrückliche Frage kurze, geschäftsmäßige Antworten. – Die beiden Thüren, die aus der großen Halle in die Eckthürme führten, schloß er auf und hielt nur den Fuß vor, als der Graf über die Schwelle wollte. Denn die ganze Tiefe der Thürme war leer und hohl, und keine Treppe führte hinab. Sie mußten wieder die Holzstufen hinunter, die sie hinaufgestiegen waren.

Und das ist Alles? fragte der Graf, als sie wieder im Hofe standen.

Der Rothbart deutete mit seinem Schlüsselbund auf den hohen Anbau in der Ecke, zu dem, vom Hollunder überschattet, eine niedrige Thür, mit rothem Sandstein im Spitzbogen eingefaßt, hinaufführte. Zeigt mir auch das noch! sagte der Graf; denn aus dem Zögern des Alten schloß er darauf, daß dort etwas Besonderes verborgen sein müsse. Ja, einen Augenblick stieg der wunderliche Verdacht in ihm auf, er habe es wohl gar mit einem Falschmünzer zu thun, der in einem der verfallenen, schwer zugänglichen Keller sein lichtscheues Handwerk treibe. Aber auch in jenem Anbau war Nichts zu entdecken, als Schutt und leeres Sparrenwerk. Eine Art Hühnersteige führte freilich in ein oberes Geschoß hinauf, durch dessen halb zertrümmerten Fußboden man bis unter das Dach und durch die Löcher desselben weiter bis in den Himmel hinauf sah. Dies Alles mußte von Grund aus erneuert werden; jetzt war es nur ein herzbeklemmender Anblick.

Der kleine Graf trat stiller und unschlüssiger wieder in den Hof hinaus, als er gekommen war. Nur, wie er jetzt zufällig an dem stattlichen Bauwerk noch einmal hinauf sah, erheiterte sich plötzlich sein Gesicht. Oben trat in stumpfem Winkel ein Erkerfenster aus der Mauer vor, dessen kleine runde Scheiben jetzt schon im Sonnenschein blitzten. Das eine Fensterchen war offen, und in dem hellen Rahmen erkannte er den Kopf des Mädchens, das also der Vater da oben über der Hühnersteige vor ihm versteckt hatte. Er nickte freundlich hinauf und sah, wie mit schnellem Erröthen der jugendliche Kopf zurückfuhr. In demselben Augenblick wandte sich der Alte und trat mit einem heftigen Laut des Zornes auf ihn zu.

Was soll's? rief er. Was haben Sie da hinaufzuwinken und dem Kinde zuzunicken, das Sie nichts angeht? Ich merke nun wohl, mein Herr Graf, worauf Sie es abgesehen haben. Aber Sie sind an den Unrechten gekommen, das sollen Sie erleben. Der Weber ist der

Mann nicht, ein Auge zuzudrücken, wenn ein vornehmer Herr seinem Kinde was in den Kopf setzen möchte. Verstanden, Herr?

Mein lieber Freund – fiel ihm da Andere betroffen ins Wort –

Nichts da, Herr! mit der Freundschaft zwischen dem Herrn Grafen und unsereinem hat's gute Wege. Ich hab' mir's gleich gedacht, daß es nicht richtig wär' mit dem Handel, aber in Sack stecken lass' ich mich nicht, und wenn Ew. Gnaden es noch zehnmal feiner anstellten. Das Schloß hat der Herr Graf gesehen, denk' ich, und was er sonst noch will, mag er mit der Herrschaft selbst ausmachen. Hier ist weiter Nichts zu suchen, und damit wollt' ich mich Ew. Gnaden empfohlen haben.

Er machte eine unzweideutige Bewegung gegen das Portal. Aber der Graf blieb stehen und sah ihn kaltblütig an.

Herr Weber, sagte er, Ihr könntet Eure Grobheit für eine bessere Gelegenheit sparen. Wenn ich Eurer Tochter einen Morgengruß zuwinke –

Sie haben ihr gar nichts zuzuwinken, fuhr der Alte ihm in die Rede, verstehen Sie mich, mein Herr Graf? Meinen Sie, das Mädel sei auf der Welt, damit Sie es angaffen? – Höll' und –! ich will Ihnen zeigen, daß ich das Kind, das einzige, das ich habe, zu gut halte, um so im Vorbeigehen einem hochgeborenen Herrn zur Kurzweil –

Weber, unterbrach ihn der Graf, nun ebenfalls in heftigem Zorn, Ihr seid ein Narr oder ein Bösewicht, daß Ihr ein Arg habt an Dingen, die kein Mensch in der Welt für was Arges hält. Ich will dem Kinde wohl, weil es ein braves, unschuldiges Gesicht hat und hier von Euch lebendig begraben gehalten wird, daß es in seinen jungen Jahren des lieben Herrgotts Welt für einen großen Kehrichthaufen halten muß. Und weiter will ich Nichts, weder von Euch, noch von Eurer Tochter, und wenn mir das Kind je wieder begegnet, werde ich mir wieder die Freiheit nehmen, ihr guten Tag zu sagen, habt Ihr verstanden? und mir von Euch Nichts verbieten lassen.

Der Bärtige sah ihn fest an und sagte nur: Wollen's erleben! Dann rückte er kaum merklich den Hut und ging durch die Thür unter dem Schuppen ins Haus, ohne den Grafen weiter zu beachten.

Der stand noch einige Augenblicke, ehe er sich entschloß, den Hof zu verlassen. Am Fenster oben war der dunkle runde Kopf verschwunden, und die Trümmer standen wieder lautlos und unheimlich. Auch die Katze war in die Thür unter dem Hollunderbaum hineingeschlichen, wie um der Gefangenen droben Gesellschaft zu leisten.

Der Graf ging endlich dem Portale zu, in heller Empörung über den harten Mann, der das arme junge Ding wie eine Verbrecherin einsperren, ihr sogar einen freundlichen Gruß mißgönnen und sie grausam um alle Jugendfreuden betrügen konnte. – Er wird sie noch wahnsinnig machen! sagte er vor sich hin. Wie? weil er vielleicht ein Gewissen mit sich herumträgt, dem unter Staub und Moder am wohlsten ist, soll die arme Unschuld schlimmer als im elendesten Felsenkloster hier ihre Tage vertrauern, bis sie endlich, so wie das Lachen, auch das Sprechen verlernt? Es kann und *darf* nicht geduldet werden! – Es ist ein moralischer Hungertod, den er das eigene Kind sterben läßt! Wie mag ihr zu Muthe gewesen sein, als sie ihn diese wahnwitzigen Reden führen hörte! Und wer weiß, was er ihr nicht anthut, sobald ich den Rücken gewendet habe! Ob er sie für die große Sünde, den Kopf aus dem Fenster ihres Zwingers gesteckt zu haben, nicht am Ende wirklich mit Hunger oder gar mit Schlägen büßen läßt und der alte Drache sie mißhandelt, daß sie den Tag verwünscht, wo ich zuerst den Fuß über diese Schwelle gesetzt habe?

In tiefem Mißmuth und sehr mit sich unzufrieden, daß er dem unnatürlichen Vater nicht nachdrücklich ins Gewissen geredet hatte, langte er unten in seiner Wölbung an und lag ein paar Stunden lang in dem kühlen dämmerigen Gemach hinter verschlossenen Jalousieen, um mit sich ins Reine zu kommen, was er thun solle. Er konnte sich nicht mehr verhehlen, daß ihm das Mädchen ein bedenkliches Interesse einflößte. Immer sah er das wundersame scheue Gesicht, wie es ihm heut an dem sonnigen Fenster erschienen war. Daß sie nach ihm ausgeblickt hatte, schien auch ihrerseits einen Antheil zu verraten, den er sich wohl zu seinen Gunsten auslegen durfte. War's auch ein Wunder, wenn ein freundliches Gesicht, das in diese Einöde hineinblickte, ihr nicht gleichgiltig blieb? Und das liebliche Erröthen, mit dem sie, da er sie droben entdeckte, zurückgefahren war! Ja selbst der unmäßige Grimm des Alten, war er irgend zu erklären, wenn der Vater nicht ebenfalls glaubte, daß sein Kind den Fremden nicht mit ganz kalten Augen betrachte?

In demselben Augenblick, wo dieser Gedanke sich ihm näherte, fühlte er sich von einem unheimlichen Etwas angefröstelt, das dunkel zwischen ihnen stand und keiner ruhigen Ueberlegung weichen wollte. Die Unruhe wurde zuletzt so peinlich, daß er keine andere Hilfe sah, als eilig seinen Koffer zu packen und dem verwünschten Schloß für immer den Rücken zu kehren. Doch auch hierzu fehlte die Willenskraft. Was ihm sonst wohl die Stimmung zerstreut und über die nervöse Aufregung hinausgeholfen hätte, war ihm durch das stadtkundige Abenteuer mit der schönen Frau abgeschnitten. Er konnte sich noch immer nicht entschließen, seine Bekannten aufzusuchen, ins Kaffeehaus zu gehen und Abends ein Spiel zu machen. Und bei seiner Mittheilungsbedürftigkeit, die er bisher noch stets befriedigt hatte, wurde, je länger er für sich allein blieb, die Gefahr immer drohender, daß er über dem Grübeln und Brüten zuletzt gar in ein Fieber verfallen möchte, wie sie gerade damals die Stadt heimsuchten. Sein treuer Diener sah mit Kopfschütteln, wie er eine Flasche Selterwasser nach der andern leerte, ohne daß die Röthe auf seinem Gesicht gewichen wäre.

Andern Tages ließ der Graf ein Paar Maultiere kommen und ritt, den Bedienten hinter sich, fort, ins Passeierthal hinauf nach dem »Sand«, wo das Haus des Sandwirths Hofer ihn einige Tage beherbergen sollte. Als er an dem alten Epheuschloß vorbeikam, hätte er am liebsten die Augen weggewendet. Aber sie spähten, dem alten Zauber gehorsam, zu allen Fensterlöchern der Reihe nach hinauf, obwohl er wußte, daß da Niemand heraussehen könnte. Die Lücke in dem Holzverschlag des Portals war mit einer alten eichenen Thür zugesetzt. Das kam ihm schauerlich vor, als sei nun das Leben ein für alle Mal abgesperrt und werde diese Schwelle nie wieder überschreiten. Er sprach den ganzen Tag über kein Wort, und es war ihm in seiner Verstimmung nur willkommen, daß der Weg rauher und das Thal unfruchtbarer wurde, je höher er hinaufkam. Der Diener, mit dem er sonst auf Reisen zwanglos zu plaudern pflegte, versuchte ein paar Mal das Eis zu brechen, aber ganz vergebens; und vollends droben, wo sie mehrere Tage blieben, war mit dem völlig veränderten gnädigen Herrn nichts aufzustellen. Er hatte selbst seinen guten Appetit verloren. Den halben Tag lang stieg er ganz allein zwischen Felsen und Bäumen herum. Er schien es darauf abgesehen zu haben, den Frieden, den die Natur nicht gutwillig hergab, ihr abzutrotzen; aber sein ganzer Gewinn war nur eine leibliche Ermattung, zuweilen ein stundenlanger Schlaf, auf eine schattige Höhe in Moos und Haidekraut hingestreckt, wo ihn dann doch im Traum die Gestalten heimsuchten, denen er zu entrinnen gehofft hatte.

Endlich, eines Morgens, ließ er die Thiere satteln und trat den Heimweg wieder an. Er fühlte nur das Eine, daß die Kur völlig mißglückt sei.

Ein heftig losbrechendes Gewitter überraschte ihn unterwegs und zwang ihn, in einer elenden Hütte ein paar Stunden zu rasten. Eine kranke Frau lag dort auf dem Stroh, ein paar in Schmutz und Stumpfsinn verkommene Kinder kauerten am Herd und nagten an steinhartem Brod; der Mann war abwesend. Es schnitt ihm durchs Herz, das Elend mit anzusehen, und er wartete kaum die größte Wuth des Unwetters ab, bis er wieder das Maulthier bestieg und in Gottes Namen in den warmen Regen hinausritt, nachdem er der Kranken ein reiches Geschenk durch den Diener hatte zustecken lassen. Draußen in der frischen Feuchte wurde ihm zum ersten Mal wieder leichter zu Muth. Unwillkürlich kam ihm jetzt der Gedanke, daß auch das arme Mädchen, das ihm immer vorschwebte, einmal in solcher Hütte elend und siech hinschmachten könnte, und die Vorstellung überschauerte ihn so unerträglich, daß er einen ausführlichen Plan entwarf, wie eine solche klägliche Zukunft abzuwenden sei. Er wollte ihr ein Heirathsgut aussetzen, ein Häuschen mit einem Stück Rebenland, eine ansehnliche Summe, die ihr bei ihrer Verheirathung ausgezahlt werden sollte. Aber indem er weiter überlegte, wer sie wohl heimführen könnte, schien sie ihm für einen Bauern von dem gewöhnlichen Schlag hundertmal zu gut. Und wer sollte sich überhaupt um sie bewerben, so lange sie in der Gewalt des starrköpfigen Vaters und der alten Nachteule von Großmutter wie eine Gefangene zwischen den unnahbaren Trümmern saß?

Ueber diesen Gedanken merkte der Graf kaum, daß sich das Wetter wieder heranwälzte, von einem heftigen Südwind getrieben, der mit lautem Sausen an den Abhängen hinfuhr und alles Gewölk überm Etschthal zusammenjagte, wie ein heulender Schäferhund um die Heerde herumtobt. Der Diener wagte mehrmals ihn anzurufen, ob sie nicht in einem der kleinen Dörfer Schutz suchen sollten. Aber er erhielt keine Antwort. Auch hatte der Regen gänzlich aufgehört, und eine bange athemlose Schwüle stand über dem tiefen Thal, wo jetzt auch der Wind verstummte und nur der ununterbrochene Schall des Donners vom schwarzen Firmament herniederkam. Unten in Meran, dem sie die muthigen Thiere mit sicherem Schritt entgegentrugen, läuteten die Wetterglocken, und die stark angeschwollene Passer brauste mächtig in ihrem Felsenbett. Und jetzt mischte sich noch ein anderes dröhnendes Getöse in den wilden Aufruhr und übertönte den Lärm des Flusses in den kurzen Pausen, wo der Donner schwieg. Der Graf hielt einen Augenblick und horchte. Es ist die Naif! sagte er für sich.

Indessen ritt er beim Schein der starken Blitze gleichmüthig weiter und schlug wieder den Umweg ein, der bei Planta vorbeiführt, obwohl der Diener seine Besorgniß nicht verhehlte, hier unter den hohen Kastanien den zuckenden Strahlen ausgesetzt zu sein, die hastig einander folgend nach allen Richtungen den Himmel furchten. Seinem Herrn schien das gerade recht zu sein. Es war, als fände er mitten im Kampf der Natur, was er in ihrer Ruhe vergebens gesucht hatte.

Und nun sahen sie schon zwischen den Baumwipfeln die hohe Epheuwand und den grünverkleideten Thurm, deren Umrisse auf Augenblicke grell auftauchten, wenn ein Blitz darüber hinfuhr. Unten auf dem Weg unter den breiten Aesten war es so dunkel, daß die Thiere langsam zwischen den Steinen hintasteten. Auch war kein Mensch weit und breit im Freien zu erblicken; denn die Wolken fingen wieder an sich zu entladen und machten in kurzem die engen Wege zu Bächen. Aus den Häusern aber, an denen sie vorüberritten, hörten sie lautes, murmelndes Beten, und sahen hier und da hinter den kleinen Fenstern ein verstörtes Gesicht gen Himmel spähen. Jetzt bogen sie in den Weg ein, der gerade auf den einen Eckthurm zuführte, und ritten langsam, vorm Regen durch das Blätterdach in etwas geschützt, die Straße weiter. Es fuhr dem Grafen durch den Sinn, ob er in Planta Einlaß begehren solle, unter dem Vorwande, das Wetter abzuwarten. Da sah er plötzlich am Fuß des hölzernen Kreuzes, wie in sich zusammengesunken, eine weibliche Gestalt. Er konnte nur den einen nackten Arm und ein Stück des bloßen Hauptes unterscheiden, und zweifelte doch keinen Augenblick, wer es sei. Sie regte sich nicht, sondern lag, das Gesicht gegen den Stamm des Kreuzes gedrückt, auf den nassen Steinen, mit dem einen Arm das Holz umklammernd, mit der andern Hand ihr Gesicht verbergend. Der Hufschlag der Thiere störte sie nicht auf, der Donner schien ungehört an ihrem Ohr zu verhallen, der Regen ungefühlt von ihrem Scheitel niederzufließen.

Reite voraus, sagte der Graf halblaut. Beim nächsten Gehöft erwarte mich.

Der Diener gehorchte. Er hatte es schon aufgegeben, seinem Herrn Einwendungen zu machen.

Der aber, als er sich mit der Knieenden allein sah, stieg ab, band sein Maultier an einem Pfahle fest und trat mit raschen Schritten an das Crucifix heran. Er legte dem Mädchen die Hand auf die Schulter und nannte ihren Namen.

Ein entsetztes Gesicht blickte auf.

Was thust du hier, Filomena? fragte er in gütigem Ton. Warum gehst du nicht hinein in dem gräulichen Wetter? Dein Haar ist ganz naß, von deinem Arm trieft der Regen.

Sie antwortete nicht, sondern verbarg wieder ihr Gesicht in den Händen.

Kind, sagte er und beugte sich zu ihr hinab, was ist dir? Du zitterst über den ganzen Leib, und deine Schläfe ist heiß. Du hast Fieber; geh hinein und trockne dich. Sieh wie die Blitze immer näher kommen.

Sie sollen mich finden! stammelte das Mädchen, und ihre Augen sahen wie bittend in die Wipfel hinauf.

Ein heftiger Donnerschlag erschütterte die Luft, und der Sturm zerriß den Wiederhall, der sich unten im Thal verfing. Immer noch dröhnte der Sturz der Naif herüber, und der Regen prasselte auf die Blätter.

Du darfst nicht hier draußen bleiben, sagte der Graf in tiefer Bewegung. Ist der Vater zu Haus?

Nein.

Ich bringe dich ins Haus, Filomena; wenn du nicht gutwillig folgst, so trage ich dich auf meinen Armen hinein.

Er hatte sie trotz ihres Widerstrebens aufgerichtet und sah ihr dicht in die Augen. Vertraue dich mir an, Kind, flüsterte er. Vielleicht kann ich helfen. Sage, was für ein Kummer dich drückt.

Die Thränen stürzten ihr statt aller Antwort aus den Augen. Sie hatte den Kopf gegen seinen Arm gelehnt, und er streichelte ihr das Haar, wie einem kranken Kinde, während ihm das Herz in wunderlicher Aufregung klopfte. Du möchtest fort, raunte er ihr zu, fort von diesem öden, verlassenen Ort. Sag es aufrichtig, liebes Kind: das Leben hier ist dir zur Last. Wo möchtest du aber hin?

Ins Grab! lallte sie kaum hörbar, und ein Schauder schüttelte sie vom Kopf bis zu den Füßen.

Er erschrak vor dieser verzweifelten Heftigkeit. Du sollst noch leben, Kind, tröstete er. Du bist zu jung, zu unschuldig, zu – schön, wollte er sagen; aber das Wort erstarb ihm auf den Lippen, denn sie machte sich plötzlich von ihm los und stürzte wieder am Fuß des Kreuzes zusammen, mit solcher Gewaltsamkeit, daß er meinte, sie müsse sich an der Stirn verletzt haben. Sein Mitleiden wurde immer ungeduldiger, sein Verlangen immer ungestümer, diese rätselhaften Thränen zu stillen. Er bückte sich von Neuem zu ihrem Gesicht hinab und trocknete mit seinem Tuch ihre Wange, die von Regen und Weinen wie gebadet war. Höre doch, Kind, sagte er. Es ist ja nichts so schlimm, daß man nicht Rath und Hilfe fände, wenn man nur guten Willen hat. Wenn ich wüßte, daß du etwas Zutrauen zu mir hättest, daß ich dir nicht zuwider wäre, daß du mir folgen wolltest –

Sie stöhnte unverständliche Worte dazwischen.

Komm! sagte er und hob sie von Neuem auf. Wir wollen uns hiehersetzen, dann sage mir, was dir das Herz abdrückt. Du weißt nicht, wie viel ich für dich zu thun im Stande bin. Ich habe dich liebgewonnen, seit ich dich zuerst gesehen habe. Du bist mir seitdem immer nachgegangen –

Sie sah ihm plötzlich mit einem scheuen, fragenden Blick gerade ins Gesicht, als blitze etwas wie Hoffnung durch ihre Seele. Der kleine halbgeöffnete Mund zitterte vor Schluchzen. Dann trat wieder die ängstliche Spannung auf den Zügen hervor, die jedes Vertrauen verscheuchte. Es ist nicht möglich! sagte sie vor sich hin.

Liebes theures Kind, was ist nicht möglich?

Daß ich lebe!

Er lächelte unwillkürlich, indem er dachte, welch ein Leben er selbst ihr zu bereiten sich vorgesetzt hatte. Trockne nur deine Augen, sagte er und reichte ihr sein feines Tuch. Sie nahm es mechanisch und hielt es in der Hand. – Ich werde mit deinem Vater sprechen, fuhr er fort. Du mußt aber dann ein gutes Kind sein; willst du, Filomena?

Nein, nein, brach sie heftig hervor. Nicht mit dem Vater, mit Niemand! Lassen Sie mich, gehen Sie fort und kommen Sie niemals wieder. Es ist alles umsonst – ich kann nicht leben!

Mena! Mena! rief plötzlich eine kreischende Stimme von der Schwelle des Eingangs herüber. Sie sahen Beide erschrocken um. Die Alte stand in der Thür und wiederholte ihren Ruf mit einer drohenden Geberde. Im nächsten Augenblick war sie bei ihnen, faßte den Arm des Mädchens und zerrte sie zurück. Der Graf wollte dazwischentreten; er bemühte sich, der Alten verständlich zu machen, daß er den Vater aufgesucht und zufällig das Kind hier getroffen habe, daß er mit dem Verwalter zu reden wünsche und morgen wieder anfragen werde. Die Alte schien keine Silbe zu verstehen. Ihre heftigen Scheltworte, wie seine laute und nachdrückliche Rede, wurden von dem tobenden Wetter verschlungen; nur noch ein flehender Blick des Mädchens traf ihn, dann verschwanden Beide hinter der Thür, die von der Alten rasch zugeworfen und verriegelt wurde, und er sah sich draußen unter den triefenden Bäumen allein, mit dem bitteren Gefühl, durch sein Dazwischentreten das Schicksal der Aermsten für heute nur noch verschlimmert zu haben.

Bekümmert band er sein Maulthier los, bestieg es wieder und ritt die Straße hinab, wo er seinen Diener im Schutz eines Strohdaches seiner harrend fand. Auch jetzt gönnte er ihm kein Wort; auch den Bauern, die hie und da ihm begegneten und angstvoll nach dem Stande der Naif fragten, antwortete er nur mit einem Achselzucken. Nur den Einen Gedanken wälzte er in seinem erschütterten Gemüth, daß hier Hilfe geschafft werden müsse, je eher je lieber, daß er diese Seele zu retten habe, koste es, was es wolle.

Als er durch das Thor von Meran einritt, war das Gewitter verhallt, der Regen hatte aufgehört, nur noch aus den Dachtraufen rauschte es in die unterirdischen Gossen. In seiner Wohnung aber, wo während seiner Abwesenheit die Fenster verschlossen geblieben waren, fand er eine so schwüle Luft, daß er sogleich wieder hinaus ging, der Brücke zu, um unter den Pappeln auf der Wassermauer seinen unruhigen Gedanken freien Lauf zu lassen.

Das erste bekannte Gesicht, das ihm begegnete, war von weißem Bart umstarrt und von einer verregneten leinenen Mütze beschattet. Oberst, rief der Graf mit lebhafter Freude, treff' ich Sie endlich wieder an! Sie haben mir wahrhaft gefehlt in dieser unseligen letzten Woche.

Der unverstellte Ausdruck von Herzlichkeit in diesen Worten schien selbst dem steinernen Alten an die Seele zu gehen. Wozu haben Sie mich brauchen wollen? erwiederte er mit etwas weniger schneidendem Ton. Ich tauge zu nichts mehr, als auf meinem verlorenen Posten Schildwache zu stehen, bis die Ablösung kommt.

Der Kleine überhörte es und faßte ihn lebhaft unter dem Arm. Mein verehrter Freund, sagte er, ich habe das Herz voll bis zum Rand, Sie müssen mich anhören, und es wird mir eine Wohlthat sein, wenn Sie nach Ihrer Art Hohn und Spott über mich ausgießen. Wenn sich dabei mein Kopf *nicht* abkühlt, sehe ich wenigstens, daß es kein Strohfeuer ist, was in mir brennt, und bestärke mich in meinen Vorsätzen.

Nur keine Liebesgeschichten! brummte der Alte. Ist es noch nicht zu Ende mit der ungrischen Circe? Oder haben Sie gar da oben mit Ihrer Bettelprinzessin eine Narrheit angesponnen?

Sie sollen Alles erfahren, Oberst, drängte der Graf. Aber lassen Sie uns in irgend eine Schenke eintreten, ich bin den ganzen Tag geritten, die Zunge klebt mir am Gaumen. Seien Sie ruhig, ich bringe Sie nicht zu civilisirten Menschen; unter die Bauern setzen wir uns, wo Niemand Sie kennt und belästigen kann. Da ist eine kleine Weinkneipe unter den Lauben, wo Sonntags die weischen Maurer hinter der Flasche sitzen und ihre Lieder singen; dahin kommt

Niemand aus der sogenannten »Gesellschaft«, die Ihnen wahrlich jetzt nicht verhaßter sein kann, als mir.

Damit schleppte der Graf den schweigsamen alten Herrn in die Stadt zurück und eine gute Strecke die steinernen Arcaden hinunter, wo jetzt, nach dem Gewitter, eine erfrischende feuchte Luft wehte. – Es ist schön, da in der Abenddämmerung hinzuschlendern und in die Hausthüren zu blicken, hinter denen gewölbte dunkle Flure, schmale Treppchen und kleine Höfe mit einem reizenden Wechsel von Licht und Schatten sich hintereinander schieden. Aber die beiden Männer, die einer Winkelschenke zusteuerten, gingen blindlings an diesen Kabinetsstücken vorüber, warfen auch, in dem Schenkzimmer angelangt, kaum einen Blick auf die prachtvollen Bauernfiguren, die den einen Tisch besetzt hatten, sondern nahmen an einem anderen Platz, wo Niemand saß als ein einfach, aber städtisch gekleideter Mann, der bei einer trüben Kerze die neuen Zeitungen las. Es war ein niedriges Gemach, dessen Fenster, nach den Arcaden zu, der Zugluft geöffnet waren. Ein noch kleineres Vorzimmer ging auf den Flur hinaus. Da stand ein Schrank mit Flaschen, Gläsern und zinnernen Tellern, und eine Fallthür führte in den Keller hinab. Zu anderer Zeit war auch hier alles voller Gäste, und sie saßen bis in den Flur hinaus. Heute war es dunkel darin; das Unwetter hatte die Bauern früher nach Hause gescheucht, und nur die wenigen dort am Tische waren standhaft ihrem Kartenspiel treu geblieben. Jetzt brachen auch sie alle zusammen auf, und Niemand blieb in dem vordern Zimmer zurück, als die drei an dem Tisch in der Ecke, wo man den Zugwind am wenigsten empfand. Die Kellnerin brachte dem Obersten von dem goldfarbenen Terlaner Wein, dem Grafen, der nur wenig, aber immer vom feurigsten zu nippen pflegte, den besten Ungar, der sich im Keller fand. Der kleine Herr stürzte aber zuerst ein großes Glas Wasser hinunter und seufzte mehrmals aus voller Brust, um sich zum Reden einen leichteren Athem zu schaffen. Indessen hatte der weißbärtige Alte seine Ledertasche geöffnet und ihren Inhalt auf dem Tische ausgekramt, um Stein für Stein durch eine große Lupe zu mustern. Er fuhr in diesem Geschäft gleichmütig fort, als nun der Graf seinen Bericht anfing. Ein kurzes Husten und Brummen war alles, was er dann und wann dazwischenwarf.

Verstehen Sie mich recht, lieber Freund, sagte der Graf endlich – in dem halblauten Ton, in welchem er die ganze Geschichte der letzten Zeit gebeichtet hatte, um den lesenden Dritten nicht mit einzuweihen – ich werde mich nicht kopfüber in diese Sache hineinstürzen und mir vor allen Dingen den Alten noch einmal gründlich ansehen. Für das Mädchen legt' ich die Hand ins Feuer, daß sie der aufopferndsten Theilnahme werth ist. – Wenn ich sie jetzt so auf einmal und für immer aus ihrer Umgebung herausheben könnte, so würde mir der Gedanke, was sie wohl schon erlebt haben mag, keine Stunde zu schaffen machen. Wenn Sie den Ausdruck des Jammers gesehen hätten, mit dem sie sich an das Kreuz klammerte, würden Sie mir Recht geben, daß hier alle andern Rücksichten nicht in Betracht kommen können gegen die Pflicht, das junge Leben, das so sichtbar verkommt und verkümmert, in eine reinere, wohlthätigere Luft zu bringen, und daß diese Pflicht zugleich eine Freude in sich schließt. Welch ein herrliches Kind! Welch eine Größe und Fülle der Empfindung in jedem Wort, das sie spricht! Wahrhaftig, es braucht nur eine liebevolle und behutsame Hand, um das Juwel, das im Schutte liegt, zu reinigen und ihm eine würdige Fassung zu geben, und Sie sollen staunen, welchen Fund ich da gethan habe!

Sie denken doch natürlich, das Kleinod in einen Ring zu fassen und an Ihrer eigenen gräflichen Hand blitzen zu lassen?

Und was wäre so Schlimmes dabei? fragte der kleine Herr eifrig. Vorläufig denk' ich in der That nicht so weit hinaus, nur daß um jeden Preis etwas geschehen muß. Denn wenn es länger so fortgeht, zehrt mich das Mitgefühl mit dem armen Kinde zum Schatten ab, und wer weiß, ob sie nicht am Ende Ernst macht mit ihren Sterbegelüsten. Wenn es mir aber gelingt, sie dem Leben wiederzugeben, und sie in reinen Kleidern hält, was sie in armseligen Lumpen verspricht –

So wollen Sie eine Frau Gräfin aus ihr machen, oder ihr wenigstens die Ehre anthun, sie zu Ihrer Maitresse zu erheben?

Oberst! zürnte der Graf, und ein edles Feuer überflog sein Gesicht. Aber was erhitze ich mich? Mögen Sie doch von meinen Vorsätzen und Grundsätzen denken, was Sie wollen. Nur einen Rath möchte ich von Ihnen hören, wo ich das Mädchen für die nächste Zeit am passendsten unterbringe. Sie so wild weg aus den alten

Trümmern in eine der gewöhnlichen Pensionen zu stecken, schiene mir verkehrt. Doch meine ich – immer vorausgesetzt, daß der Vater mit sich reden läßt, und daß es mir überhaupt gelingt, den Schleier zu lüften, der über dieser seltsamen Familie liegt –

Ein lautes Reden und Singen, mit dem einige junge Leute aus dem Flur in das dunkle Vorzimmer traten, unterbrach ihn. Er blickte unruhig auf, denn er glaubte das Lied wiederzuerkennen, mit dem jüngst auf seinem frühen Morgengang der junge Stutzer, der Liebhaber der ungarischen Kammerzofe, an ihm vorübergeschlendert war. Und wirklich erschien der schmucke Jüngling jetzt in der Thür, das Strohhütchen noch herausfordernder aufs Ohr gesetzt, die lange Cigarre in der Hand, während er zwischen den blendend weißen Zähnen nachlässig jene welsche Melodie trällerte. Einer seiner Kameraden rief nach Wein, der andere, der heute schon manches Glas geleert zu haben schien, umfaßte die Kellnerin und raunte ihr allerlei ins Ohr, was sie mit Lachen und Kopfschütteln abwehrte. Die jungen Herren nahmen von den übrigen Gästen durchaus keine Notiz, redeten laut und ohne Scheu von allerlei intimen Privatangelegenheiten, und nur an dem Schönen, der sich nachlässig auf die Bank gestreckt hatte, war eine gewisse stolze Würde zu bemerken, mit der er sich zerstreut und einsilbig über die schlechten Witze der Anderen erhob. Er zog eine Rose aus dem Knopfloch seines eleganten Röckchens, zerpflückte sie langsam und warf sie zum Fenster hinaus. Dann zog er ein höchst zierliches Taschenbuch hervor, mit Banknoten gefüllt, und ein neues Spiel Karten, und begann, ohne ein Wort zu sagen, die Vorbereitungen zu einem Hazardspiel, in das sich alle drei bald aufs Eifrigste vertieft hatten.

Der Herr hinter den Zeitungen schien das Treiben der jungen Leute nicht sonderlich zu beachten; auch der Oberst studirte gleichgiltig weiter an seinen Mineralien. Aber der kleine Graf war sichtlich verstimmt. Sein leicht erregbares Temperament fühlte sich durch die cynische Absurdität dieser windigen Jugend, durch ihr Prahlen und Pochen beunruhigt. Er mußte eine geraume Zeit mit sich kämpfen, bis er wieder einigermaßen ins Gleichgewicht kam; und dennoch gelang es ihm nicht, den Faden von Neuem anzuknüpfen. Seine schönen Pläne und Träume erschienen ihm plötzlich grau und verschwommen; sein festes Zutrauen in die Güte der Menschennatur verließ hn. Er sah überall Hindernisse, Enttäuschungen, Undank, wo er vorher so muthig nur Erfolg und Sieg vor Augen gehabt hatte.

Eine Zeitlang wurde es stiller drüben an dem Tisch, wo die Spieler saßen. Nur der vom Wein Erhitzte begleitete jede Wendung des Spieles mit seinen Glossen, die in einer seltsamen Coteriesprache von Deutsch, Französisch und Italienisch zu Tage kamen. Der Schöne wies ihn manchmal vornehm zurecht, während der Dritte, der ganz Bewunderung war und den jungen Löwen als ein unerreichbares Vorbild zu studiren schien, getreulich secundirte. Es schlug neun Uhr von der Pfarrkirche. Draußen unter den dunklen Lauben wurde es stiller und stiller. Man hörte nur zuweilen durch die offenen Fenster ein Stück des Gesprächs von Vorübergehenden. Ein Nachbar des Schenkwirths, dem droben an der Naif ein Weingut gehörte, saß eine Weile auf der steinernen Bank unter der Arcade und beruhigte den Wirth, daß für diesmal Nichts mehr zu fürchten sei. Die Naif sei weiter unten, gegen Schloß Trautmannsdorf zu, über das Ufer gestiegen, habe aber wenig Schaden gethan. Droben bei der Besitzung des Wirthes sei alles sicher, und da der Himmel mondhell und das Wetter ganz nach Süden verweht, könne er sich ruhig aufs Ohr legen.

Das hörten die in der Schenkstube mit an, dann auch, wie ein einzelner Gast bei den Männern draußen vorbeikam und durch den Flur ins Vorzimmer trat. Er blieb aber dort im Dunkeln und setzte sich auf eine Bank dicht neben der offenen Thür, wo ihm die Kellnerin Wein und Brod hinbrachte. Man konnte von jenem Platz das ganze Schenkzimmer übersehen und jede Silbe verstehen, die darin gesprochen wurde.

Und dem Manne schien hieran nicht wenig gelegen zu sein. Wenigstens ließ er Brod und Wein unangerührt stehen und spähete unverwandt hinein. Die Kellnerin kam jetzt mit einem brennenden Licht an seinen Tisch. Sie sind's, Herr Weber! sagte sie, ihn jetzt erst erkennend. Denn Alle kannten ihn, obwohl er sich sonst nie in den Weinschenken des Städtchens blicken ließ, und auch die Kaufläden nur betrat, um Pulver und Blei zu erhandeln.

Still! sagte er rasch. Kannst auch das Licht sparen. Ich seh' klar genug.

Als das Mädchen ihn im Dunkeln wieder allein gelassen hatte, um die Herren drinnen zu bedienen, nahm er den Hut ab, unter dem der Schweiß in schweren Tropfen hervordrang, und griff nach seinem Tuch in die Tasche. Aber statt des groben, zerrissenen blauen Baumwollenfetzens zog er ein schneeweißes vom feinsten Batist heraus. Das ist das unrechte! knirschte er zwischen den Zähnen und steckte es sorgfältig in eine andere Tasche.

Es war das Tuch, das der mitleidige Graf vor wenigen Stunden dem weinenden Mädchen gegeben hatte, um ihre Thränen damit zu trocknen. Sie hatte es achtlos in der Hand behalten, als die Großmutter sie in den Hof zurückriß. Dann war der Vater heimgekommen und hatte sein Kind verklagen hören und sie scharf ausgefragt über jedes Wort, das der Graf zu ihr und sie zu dem Grafen gesagt hatte. Dann kein Scheltwort, kein Fluch, keine Drohung. Nur seine buschigen rotblonden Augenbrauen zogen sich noch finsterer über den tiefliegenden Augen zusammen, und die Flügel der kurzen, etwas aufgeworfenen Nase zitterten.

Er hat gesagt, daß er dich lieb habe?

Ja, Vater.

Und daß er mit mir sprechen wolle?

Ja, Vater.

Ladro maledetto! wüthete die Alte vor sich hin.

Still, Mutter! – Geh zu Bett, Kind. Gieb mir das Tuch. Er hat mit mir sprechen wollen? Ich werde mit *ihm* sprechen.

So war er gegangen. Was er dem vornehmen Herrn sagen wollte, stand ihm nur undeutlich vor der Seele. Denn ein bitterer Gram, der ihm das Blut gegen das Gehirn trieb, fraß ihm am Herzen. Er war fest überzeugt, daß seinem Kinde schon viel zu viel in den Kopf gesetzt werden war. Zwar begriff er es nicht, daß gerade dieser Herr, der eben nicht mehr der Jüngste, auch nicht der Stattlichste war, so rasch die Neigung des Mädchens gewonnen haben sollte. Doch wenn er zurückdachte, konnte er sich's nicht verhehlen, wie anders sie ihm seit einiger Zeit erschienen war, zerstreut und schreckhaft, als habe sie einen heimlichen Kummer zu hüten. Und diese Veränderung fiel ungefähr mit dem ersten Besuch des Grafen in dem alten Schlosse zusammen. Wer wußte auch, ob er sich ihr nicht schon früher genähert hatte? Und er kannte sie, daß sie Nichts leicht vergaß und verschmerzte. Wenn er auch jetzt dazwischentrat und das Unheil im Beginn ausrottete, das arme Ding würde doch noch eine geraume Zeit darunter zu leiden haben, und er in ihre Seele hinein.

Sofort hatte er den Grafen in seiner Wohnung gesucht, aber vergebens; und entschlossen, die Nacht nicht darüber hingehen zu lassen, war er die Arcaden hinabgeschritten, sein Blut zu kühlen, eh' er wieder im Hause nachfragte. Die hellen Fenster des Schenkzimmers überhoben ihn der Mühe. Er wäre auch ohne Weiteres an den Tisch herangetreten, wo er den Grafen sitzen gesehen; aber den dritten Gast am Tische, den er hinter der Zeitung bemerkte, wünschte er lieber zu vermeiden. Darum hatte er sich im Dunkeln vor die Schwelle gesetzt, daß ihm sein Feind nicht entgehen könne, und übersann jetzt Alles und Jedes, was zwischen ihm und dem vornehmen Herrn zu verhandeln war. Einen Augenblick ertappte er sich darauf, daß der Zug von Güte und Menschenfreundlichkeit auf dem runden Gesicht des kleinen Herrn seinen Zorn entwaffnen wollte. Der Aerger, den er über diese Schwäche empfand, schürte dann wieder seine Erbitterung. Das wird's auch dem Mädel angethan haben, sagte er bei sich selbst. Und immerhin, wenn er's nicht so schlimm gemeint hat – wird's darum besser? Kann er's wieder gut machen? Kann er's ernst mit ihr gemeint haben? Und seine Kurzweil mit ihr zu treiben – heiliger Gott, er soll merken, daß sie mir zu gut dafür ist!

Jetzt wurden seine Gedanken von dieser Hauptsache abgelenkt; denn an dem Tische drüben, wo die drei jungen Leute saßen, entstand ein heftiger Lärm. Der Eine, der etwas angetrunken war, warf die Karten hin und verschwor sich, sie heute nicht wieder anzurühren. Das geht nicht mit rechten Dingen zu, corpo della Madonna! schrie er überlaut. Hol's der Henker, Aloys, aber ich spiele nicht mehr mit dir!

Holla! erwiederte der Schöne, dem diese Rede galt, was soll das, Sepp? was meinst du mit diesen Anzüglichkeiten?

Ja wohl, Sepp, was sollen die dummen Redensarten? secundirte ihm sein getreuer Schildknappe.

Mille tonnerres – was ich meine? rief der Andere. Daß kein jeu zu machen ist, wenn alle Trümpfe in Einer Hand sind.

So spielt man in Venedig! höhnte der Dritte, und schlug ein helles Gelächter auf.

Sepp, sagte der junge Stutzer, indem er phlegmatisch den Rauch durch die Nase blies, du wirst so gut sein, mir eine Erklärung zu geben, was du damit sagen willst oder Sapristi! wir sprechen uns anders.

Sangue freddo, amico mio! lenkte der Aufgebrachte wieder ein. Ich meine nur –

Daß dem Aloys nicht blos die Damen zulaufen, sondern auch die Buben und die Könige? Hahaha, Sepp, 's ist einmal nicht anders. Heute mir, morgen dir, wer's Glück hat, fällt auf den Rücken und bricht die Nase. Wein her!

Peste alla fortuna! brummte der Andere. Ich mag nicht mehr spielen. Ecco! – und er warf eine Handvoll Banknoten auf den Tisch. Ich bin perdu, che il Diavolo vi porti!

Nun, nun, sagte Aloys, mir liegt Nichts dran. Kannst auch morgen Revanche haben, 's ist ohnedies spät und deine Augen tanzen dir im Kopf, daß du Coeur-Dame für eine böse Sieben ansiehst.

Hahaha, lachte sein Bewunderer und klatschte in die Hände. Sollst leben, Aloys! Aber was spät! Wirst doch nicht schon nach Hause wollen?

Das nicht, sagte der Jüngling und trank mit einer gleichgiltigen Miene sein Glas aus. Aber fort muß ich. Ich habe noch einen Weg zu machen.

Noch einen Weg, Teufelsjunge? Nun freilich

La notte xe bella,

Fa presto, Ninetta – –

Presto, presto, das ist die Hauptsache! He? Weiß ich, wohin es geht?

Was weißt du, Schellenkönig? achselzuckte der Jüngling.

Eine Maß Cipro, wenn ich's weiß – he? gilt die Wette?

Meinetwegen mag sie gelten!

Halt' dein Ohr her, Bruderherz! – Und er näherte sich ihm über den Tisch und sagte, immer noch so laut, daß Alle im Zimmer und auch der im dunklen Vorgemach das Wort hören konnten: *Planta*?

Das Gesicht des Jünglings verfinsterte sich, er schüttelte rasch den Kopf und sagte: Fehlgeschossen! Und ich bitte mir aus, daß *davon* nicht mehr die Rede ist.

Wie von einem Scorpion gestochen, fuhr der Graf von der Bank auf, beherrschte sich aber noch hinlänglich, um die rasche Bewegung durch einen Griff nach der Flasche, die vor ihm stand, zu bemänteln.

Der Oberst schien allein nichts gehört zu haben, sondern packte seine Steine wieder in die Tasche und rüstete sich zum Aufbruch. Bleiben Sie noch, raunte ihm sein Nachbar zu. Haben Sie nicht gehört?

Was nicht gehört? Sie sind ja todtenblaß geworden!

Der Graf hielt seinen Arm fest und lauschte in fieberhafter Aufregung nach dem Kartentisch hinüber.

Was Tausend! rief eben wieder der vergebens zum Schweigen Ermahnte. Ist die Geschichte schon aus? Ist der wilde Vogel nicht zu Schuß gekommen? Oder bist du des Mädels schon überdrüssig?

Franzl, herrschte der Jüngling ihn an, ich sage dir in allem Ernst, halt' deine unnütze Zunge im Zaum.

Oho, Bruderherz, so haben wir nicht gewettet. Die Maß Cipro ist wenigstens die Beichte von dieser neuesten Neuigkeit werth. Kellnerin! rief er hinaus, komm einmal herein! der Aloys hat ein gebrochenes Herz zu begießen.

Du bist betrunken, Franz, sagte der Jüngling, indem er aufstand. Gute Nacht!

Aber bei der Mutter Gottes von Lana, was ist denn in dich gefahren, Aloys, daß du so verschämt thust, als wüßte nicht der ganze Kaiserstaat bis zum Großtürken hin, daß du überall Hahn im Korbe bist? Und hast du mir nicht selbst vor vierzehn Tagen erst erzählt, daß die wilde Hexe zahm zu werden anfange? Warum soll man nun das Maul von ihr halten, als wie von einer der elftausend Jungfrauen, die freilich auch, bei Lichte besehen, nicht alle das Staats-Examen mit Glanz bestehen möchten? He? Sieh nur, der Sepp liegt schon und schläft wie ein Sack. Also heraus mit der Beicht', wir sind unter drei Augen (eines will ich zudrücken über deinen Teufeleien):

Warum geht der Weg nicht mehr nach Planta bei nachtschlafender Zeit, und was hat die Zigeunerin, die Filomena, verbrochen, daß sie –

Daß ihr Name zu einem Schenkstubengespräch gemißbraucht wird? fuhr eine scharfe, vor Aufregung bebende Stimme, die den beiden Jünglingen völlig unbekannt war, dazwischen. Der Schöne fuhr leicht zusammen, wandte sich mit erkünsteltem Gleichmuth zu dem unberufenen Mitsprecher um und maß den kleinen Herrn, der vor ihm stand, mit einem herausfordernden Blick.

Wer sind Sie, Herr? sagte er, während sein Kamerad mit einem betroffenen Gesicht am Tische sitzen blieb. Ich habe nicht die Ehre Sie zu kennen.

Und ich, erwiederte der Graf hastig, würde nicht nach der Ehre geizen, Sie kennen zu lernen, wenn ich nicht aus Ursachen, die Ihnen gleichgiltig sein können, mir Aufklärung über das Gespräch ausbitten müßte, das Sie laut genug geführt haben, um alle Anwesenden an ihm Theil nehmen zu lassen. Ich bitte mir die Frage zu beantworten, ob Sie, was Ihr Freund dort Nachtheiliges gegen den Ruf eines gewissen Mädchens geäußert hat, Lügen strafen wollen, oder nicht?

Ich streite Ihnen das Recht ab, eine solche Frage zu thun, erwiederte der Jüngling und blies eine blaue Wolke nachlässig vor sich hin. Sind Sie ein Verwandter des Mädchens oder haben Sie sonst Ansprüche auf dieses Ritteramt?

Der Graf schwieg einen Augenblick. Ich bin ein Freund der Familie, sagte er mit starker Stimme, und dieses Mädchen ist mir theuer. Aber wenn ich auch als ein Wildfremder bei Ihrem leichtsinnigen Spiel mit dem Ruf eines unbescholtenen Kindes zugegen gewesen wäre, würde ich mir dennoch erlauben, Sie zur Rechenschaft zu ziehen. Sie werden die Güte haben, unverzüglich vor diesen Herren zu erklären, daß Sie es bereuen, die Ehre des Mädchens durch ein prahlerisches Wort verdächtigt zu haben: das werden Sie, junger Mann, und damit Sie wissen, mit wem Sie es zu thun haben, – hier ist meine Karte!

Er warf sie auf den Tisch, neben dem der Jüngling stand. Dieser nahm sie kaltblütig auf, steckte sie in die Tasche und sagte: Die

Erklärung, die Sie von mir verlangen, kann ich um so eher abgeben, als Sie ja wohl gehört haben, daß ich es nicht war, der dies Gespräch aufs Tapet gebracht hat, und daß ich mehr als einmal es abzubrechen versucht habe. Ich bin *nicht* der Liebhaber jenes Mädchens, behüte mich Gott! Ich werde sie nie wiedersehen. Was ihre Ehre anbelangt, so brauche ich sie nicht zu verteidigen, da sie ja in guten Händen ist. Wenn Sie als Freund dieser Familie, um welchen Posten ich Sie nicht beneide, noch weitere Aufklärungen wünschen, so stehen dieselben Ihnen morgen in meiner Wohnung zu Dienst; hier scheint mir der Ort schlecht dafür gewählt zu sein. Gute Nacht, meine Herren!

Er hatte seine Karte dem Grafen hingereicht, rückte mit einer leichten kecken Bewegung des Hauptes seinen Strohhut und schritt aus dem Schenkzimmer hinaus durch das dunkle Vorgemach und den Flur auf die Gasse. Sein Kamerad, der sich jetzt erst von seiner Befragung erholt hatte, eilte ihm, seinen Namen rufend, nach, ohne die Anderen zu grüßen oder von dem Dritten Notiz zu nehmen, der während der ganzen Scene friedlich an Tisch und Wand gelehnt weitergeschlafen hatte.

Jetzt erst zeigte sich's, wie heftig die Aufregung war, die der kleine Graf bisher unter ritterlichen Formen mühsam verborgen hatte. Er hatte das Feld behauptet, aber der Sieg sah einer Niederlage nur zu ähnlich. Mit ruhelosen Schritten ging er im Zimmer zwischen Tischen und Bänken auf und ab, ergriff seinen Hut, um ihn gleich wieder wegzuwerfen, that einen Blick ins Vorzimmer und schritt zerstreut über die Schwelle.

Suchen Sie Jemand? fragte ihn die Kellnerin, die dort im Dunkeln am Tische stand und den Rest des Weines aus der kleinen Flasche ins Glas goß. Es war Niemand hier, als der Herr Weber, und der ist plötzlich fortgegangen.

Weber? rief der Graf bestürzt. Welcher Weber?

Der von Planta droben, antwortete das Mädchen, das während des ganzen Auftritts draußen im Hof gewesen war und das Erschrecken des Fremden bei diesem Namen nicht begriff.

Auch *das* noch! stieß der Graf mit einem tiefen Seufzer heraus. Der Vater! Wo mag er hin sein? Den jungen Leuten nach?

Weiß nit! sagte die Schenkin. Dem seine Wege weiß kein Mensch so recht. Es ist, als wär's ihm da oben über den Augen nit richtig, so viel bös und wild schaut er einen an. Soll ich noch Wein bringen, Herr?

Der Graf antwortete nicht, ging in das Schenkzimmer zurück und gerade auf den Obersten zu.

Der Vater war nebenan; er hat Alles gehört! sagte er rasch. Was sagen Sie nun, Oberst?

Daß Sie sich gratuliren können, brummte der Alte, Sie sehen ja aus wie von der Schlange gebissen. Seien Sie froh; ohne den Biß wären Sie vorwärts gegangen und in den Sumpf gerathen. Nun wissen Sie, woran Sie sind, und daß dem Frieden nicht zu trauen ist, mit dem die Natur diesen Fleck Erde tückisch zugedeckt hat. Die Decke ist morsch. Das ganze Stillleben ist nichts als grüner Schimmel und Schwamm, der aus der Fäulniß aufgewachsen ist, und sich im Sonnenschein von weitem ganz luftig ausnahm. Ich hab's Ihnen gleich gesagt. Es ist nichts Gesundes, wo noch Menschen sind. Unter die Steine müssen Sie gehen, die betrügen wenigstens Niemand.

Der Graf hörte schon nichts mehr. Er las den Namen auf der Karte und sagte: Ich lasse noch nicht ab, ich muß erst genauer wissen, woran ich bin. Was auch dahinter stecken mag, das Mädchen ist unschuldig; und selbst wenn alle Ahnung mich täuschte, es kann noch nicht zu spät sein, die arme Seele zu retten. Wer mir nur sagen könnte, wo der Bursche wohnt? Ich kann nicht eher ein Auge zuthun, bis ich Alles von ihm erfahren habe, was er hier nicht sagen wollte.

Da legte der Mann, der in der Ecke an ihrem Tische sah, die Zeitungen weg, faltete sie zusammen und sprach, indem er das große Packet in die Tasche seines braunen Sommerrocks schob: Ich kann dem Herrn Grafen sagen, was er zu wissen wünscht. Der junge Mensch wohnt hier ganz in der Nähe, und ich will Ihnen das Haus zeigen. Was er Ihnen mittheilen will, vermag ich freilich nicht vorauszuwissen. Aber über das Mädchen, von dem die Rede war, und ihre Familie ist er schwerlich besser unterrichtet als ich, und daß er überhaupt etwas von ihnen weiß, wundert mich. Denn ich war bisher der Meinung, nur ich und der Bürgermeister, der es auch nur von mir hat, kennten die traurige Geschichte dieser armen Leute, von der sie selbst zu keinem Menschen je ein Wort verlauten lassen. Wenn es wahr ist, daß der leichtsinnige Bursch eine Liebschaft da oben angeknüpft hat, so muß ihn das Mädchen selbst in einem unbewachten Augenblick in das Geheimniß eingeweiht haben. Wie *ich* dazu gekommen bin, ist sehr einfach. Eh' ich hieher ans Landgericht versetzt wurde, habe ich eine Zeitlang unten in Trient als Rechtspracticant gearbeitet und den Weber selbst zu Protocoll vernommen. Er hieß damals anders. Er ist darum eingekommen, seinen Namen ändern zu dürfen, und die Regierung hat es ihm erlaubt, weil er in einem erbarmungswürdigen Grade sich die Geschichte mit seiner Tochter zu Gemüth zog und beinah auch den Verstand darüber verloren hätte.

Er schwieg plötzlich und sah mit den festen ruhigen Augen den weißbärtigen Alten an, dessen Gesicht sich wunderlich verzerrte. Ist Ihnen unwohl? fragte er.

Der Alte erhob sich mit sichtbarer Anstrengung, hing sich die Ledertasche um, wobei seine Hände zitterten, als schüttle ihn ein Krampf, und sagte dumpf: Nein! Ich will fort. Der Qualm aus Ihrer Pfeife –

Ich begleite Sie, Oberst, sagte der Graf bestürzt. Sie können so nicht allein über die Straße gehen. Der Herr Landrichter ist wohl so gut, hier auf mich zu warten, bis ich zurückkomme.

Gehen Sie zum Teufel! rief der Alte mit starker Stimme. Ich brauche keine Wärterin. Gute Nacht!

Damit richtete er sich hoch auf und schritt starr vor sich hin blickend hinaus.

Der Graf sah ihm durch die Thüre nach. Als er ruhig darüber war, daß der Alte seinen Weg fand, kehrte er zu dem Landrichter zurück. Begreifen Sie's? fragte er mit Kopfschütteln und einem ganz rathlosen Gesicht, das für einen unbetheiligten Zuschauer fast etwas Komisches gehabt haben würde.

Ich kenne den Herrn nicht anders als von Ansehen, erwiederte der Landrichter achselzuckend.

Ich muß morgen zu ihm. Es war etwas so Desperates in seinen Zügen, daß ich die höchste Sorge um ihn habe. Wüßte man nur, wo er sich eingemietet hat. Aber vielleicht können Sie mir beim Nachforschen behilflich sein.

Der Andere schwieg, stand auf und trat zu dem Schlafenden an dem Tische gegenüber. Der ist besorgt und aufgehoben, sagte er und wir können so frei von der Leber weg reden, als wären wir nur zu Zweien im Zimmer. Wenn ich Ihnen rathen darf, mein Herr, fuhr er fort, indem er sich dem Grafen gegenüber setzte, so seien Sie auf der Hut mit dem Weber. Das Unglück hat den wackern Mann verwildert, und da ihm Niemand helfen kann, ist es am besten, ihn sein Wesen so forttreiben zu lassen. Verzeihen Sie, daß ich meine Meinung gerade heraus sage, obwohl ich gar nicht weiß, welcher Art die Beziehungen sind, in denen Sie zu den Leuten stehen.

Sie sind zufällig genug, versetzte der Graf seufzend. Ich habe vor einigen Wochen den ersten Schritt in das verfallene Schloß gethan und den Plan gefaßt, das Grundstück zu kaufen, die Trümmer theilweise auszubauen und mich selber dorthin zurückzuziehen. Da ich merkte, wie sehr der arme Mann an seiner lichtscheuen Behausung hängt, bot ich ihm an, ihn und die Seinigen dort wohnen zu lassen. Er hat es mir kurz abgeschlagen und sich überhaupt ganz unzugänglich gezeigt, was ich auf einen gewissen Trotz und Stolz der Armuth schob. Das Mädchen aber hat mir ein tiefes Mitleiden eingeflößt, so daß ich auch jetzt noch den festen Willen habe, irgend etwas für sie zu thun, um ihr Schicksal zu erleichtern und sie nicht länger in dieser Umgebung verkommen zu lassen. Vielleicht können Sie mir einen Rath geben, wie es am zweckmäßigsten anzufangen sei.

Der Landrichter zündete seine Pfeife wieder an und sagte: Das lassen Sie sich nur vergehen, mein werter Herr. Der Alte giebt das Kind nicht her, und wenn der Kaiser sie auf seinen Thron setzen wollte. Es ist das Einzige, was ihm von seinem früheren Glück geblieben ist, und in jedem Menschen, der sich dem Mädel nähert, sieht er einen Feind und Räuber. Daß sich der junge Laffe da oben eingeschlichen haben sollte, ist mir auch noch ganz unglaublich; denn wenn der Vater selbst nicht zu Hause ist, läßt er seinen Schatz von dem alten Drachen hüten, der Sie ja auch wohl angeschnaubt haben wird.

Der Graf nickte und fragte: Ist das widrige Weib wirklich die Mutter dieses Weber, oder wie er sonst geheißen haben mag? Sie versteht ja nicht deutsch, und dem Manne steht ja der Tyroler im Gesicht geschrieben.

Seine Schwiegermutter ist's, erwiederte der Landrichter. Er kam noch in jungen Jahren ins Welschtyrol hinunter und heiratete dort ein Mädchen vom Lande, eine schöne, dunkelfarbige, schwarzäugige Person, in die er sich heftig verliebt hatte. Sie soll eine brave Hausfrau gewesen sein, sanfter als die Mutter, die ihr Lebtag ein wilder Teufel war. Und weil der Weber glücklich in seiner Ehe war, kümmerte es ihn auch wenig, die Schwiegermutter mit auf dem Halse zu haben. Auch daß sie mit den jungen Leuten zog, als er die Försterstelle drunten im Val Sugana bekam, ließ er sich ohne Murren gefallen. Denn sie hing auch wieder sehr an den Kindern und schleppte sich Tag und Nacht mit ihnen. Die junge Frau starb leider früh, ihr jüngeres Kind, die Filomena, konnte kaum laufen. Anna, die Aeltere, ging schon in die Schule. Es soll ein apartes Kind gewesen sein, an Temperament nach der Großmutter geartet, aber ein Prachtmädel, bei dem Niemand vorbeiging, ohne still zu stehen und ihr nachzuschauen. Und der Vater, der fast von Sinnen kam, als er sein Weib verlor, lebte mit den beiden Töchtern noch einmal wieder auf. Auch die Jüngere war ein sauberes Ding, mehr wie die Mutter: nichts Herrisches und Eigenwilliges, wie ihre Schwester, aber es ging ihr Alles nicht minder tief. Nun, sie haben sie ja kennen gelernt – freilich, wie sie *jetzt* ist, nach so vielen armseligen und harten Schicksalen. Ich sage Ihnen, sie ist kaum wiederzuerkennen. Als sich die Geschichte mit der Andern zutrug, war die Kleine schon so gut wie verlobt, mit einem weitläufigen Verwandten, einem älteren Mann, der sie schon als Kind gern gehabt hatte. Sie selbst schien sich nichts dabei zu denken, daß sie heiraten sollte, denn sie war trotz ihrer sechzehn Jahre noch kindisch und wußte nichts von Lieben, und der Vater hatte es für sie abgemacht, weil er sie nicht besser versorgen zu können meinte. Die Aeltere machte ihm Kummer; sie schlug alle Partien, so viele sich ihr boten, die schmucksten und wohlhabendsten Bewerber einen wie den anderen aus, daß Alle sich wunderten. Aber sie war nicht so von Stein, wie die Leute glaubten. Sie hatte eine heimliche Liebschaft mit einem armen Teufel, der bei ihrem Vater als Jagdgehilfe conditionirte, einem schlanken, verwegenen, lustigen Gesellen, der in seinem schlechten Rock und dem verregneten Hütchen mit der Hahnenfeder doch immer eine stattliche Figur zu machen wußte. Er hatte was Ungebundenes, das die Mädel wohl verführt. Sie denken, wenn sie *so* Einen anbinden, hätten sie was Rechtes gethan. Und die Anna hatte ihn auch am Bändel, daß er auf einen Wink von ihr durch Feuer und Wasser gegangen wäre. Nur *das* konnte er ihr nicht zu Liebe thun, sich in ihren Vater zu schicken. Es ging ihm gegen die Natur. Er war ein echtes Racekind, ein Welscher bis in alle Poren – aber von der besseren Art – liebte das freie, läßliche, leichte Wesen bei jeder Sache, bei Ernst und Spaß, und wenn er seine Pflicht thun sollte, mußte man sie ihn auf seine Weise thun lassen, dann war Alles von ihm zu erreichen, und er scheute nicht Mühe noch Gefahr. Darin versah es der Weber. Der hatte was Soldatisches von seinen Dienstjahren her behalten; Pünktlichkeit, Strammheit, Accuratesse und Dienstgewissen gingen ihm über Alles, mehr als sonst bei Waidmännern Brauch und von Nöthen ist. Und so taugten die Beiden schlecht zusammen, und nachdem der Junge lange sein rasches Blut im Zaum gehalten, ging es denn doch einmal mit der Zunge durch, und da war's aus. Er mußte fort, und hätte sich droben im Forsthaus nicht wieder sehen lassen dürfen, am wenigsten sich merken lassen, wie er mit der Tochter stand.

Aber Sie werden wohl denken, daß es darum zwischen den jungen Leuten nicht aus war. Noch eine halbe Stunde oberhalb der Försterei, ganz im dicken unwegsamen Wald, steht eine Blockhütte für die Holzmacher. Dahin stahl sich manche liebe Nacht das resolute Mädel, und dahin schlich auf gefährlichen Umwegen die drei Stunden von Trient herauf der Bursch, der inzwischen drüben in der Stadt bei einem Seidenwirker in die Lehre gegangen war. Keine Menschenseele erfuhr etwas von diesen Heimlichkeiten. Auch hütete das Mädchen gerade so standhaft ihre Ehre wie ihre Liebe, und alle Hoffnungslosigkeit, Heißblütigkeit und Einsamkeit konnte ihr den Kopf nicht verwirren. Es muß aber doch ein besonderes Ding gewesen sein, die Leidenschaft und Treue dieses Mädchens zu besitzen, daß der Liebhaber die mühselige nächtliche Wanderung im Sommer und Winter nicht scheute, nur um eine Stunde droben mit seinem Schatz zu plaudern. – Sie war zwei Jahre älter als er; auch fehlte ihr nicht viel, daß sie eben so groß gewesen wäre. Und da die

Mädchen da unten rascher verblühen und der Jüngling blutarm war, stand es bedenklich um die Zukunft. Aber das scheint sie niemals im mindesten bekümmert zu haben.

Nun brach damals der Krieg mit Piemont aus, und es wurde junge Mannschaft auch in Welschtyrol ausgehoben, der man freilich gegen ihre Landsleute nicht sonderlich trauen konnte. Aber sie sollten die Regimenter ersetzen, die man aus Ungarn, Böhmen und Croatien heranzog. Der Tag, wo die jungen Bursche in Trient loosen mußten, rückte heran, und die Anna ging mit Herzklopfen umher, sagte freilich zu Keinem im Hause ein Wort, aber Alle sahen's ihr an, daß sie einen heftigen Kummer haben mußte. Und die letzte Nacht vor der Entscheidung stieg sie, wie gewöhnlich, zur Waldhütte hinauf, von Niemand bemerkt, da sie allein in einem Verschlag des oberen Bodens schlief und die Hunde schon lange im Einverständniß waren. – Der Bursch hatte sich auch richtig eingestellt, war übrigens guter Dinge, lachte über ihren Gram und behauptete ganz fröhlich, daß es ihn nicht treffen könne; eine alte Frau habe ihm ein Mittel gesagt, wie man sich unfehlbar freiloose. Man müsse dreimal in die rechte Hand spucken, mit der Linken drei Kreuze darüber machen, die Hand dann in die Erde graben und erst nach drei Vaterunsern wieder herausziehen. Das schien aber das Mädchen wenig zu trösten, und nachdem sie zum ersten Mal mit einander gehadert und, freilich aus Liebe, sich die letzte Stunde verbittert hatten, trennten sie sich in unglücklicher Stimmung, er lachend, sie weinend, obwohl sie sonst ihre Thränen nicht zu verschwenden pflegte. Er war schon eine Strecke weit, als sie ihm nachrief, daß er sich, wie es auch ausfallen möge, jedenfalls die nächste Nacht wieder einfinden müsse, was er denn, wie Alles, was sie von ihm verlangte, ohne Besinnen gelobte.

Nun aber stellen Sie sich das Entsetzen des armen Burschen vor, als er sich am andern Tage nicht nur gegen seine sichere Hoffnung und trotz aller Zaubermittel festlooste, sondern auch die strenge Ordre verlesen hörte, daß keiner von den neuen Rekruten die Kaserne wieder verlassen dürfe. An anderen Orten hatte es sich nämlich ereignet, daß hitzige Köpfe, hie und da selbst durch ein gegenseitig abgenommenes Gelübde gebunden, lieber die Flucht ergriffen hatten, als der Fahne zu folgen, die vielleicht gegen ihre Landsleute getragen wurde. Sie wissen ja, wie Alles von den mazzinistischen

Maulwürfen unterwühlt war. Und so wird Niemand, als etwa die eingefleischten Demokraten, etwas dabei finden, daß man die Rekrutirung mit großer Umsicht und Strenge ausführte, und auch in Trient bei Trommelschlag verkündigte: Wer von den Dienstpflichtigen die Kaserne oder gar die Stadt verlasse, werde, auch wenn er dringende Ursachen vorschütze, einfach als Deserteur behandelt und erschossen werden. Denen, die noch Geschäfte zu erledigen hatten, wurde erlaubt, ihre Angehörigen im Hofe zu sprechen, irgend welche Urlaubsgesuche hingegen nicht weiter berücksichtigt.

Dem Liebhaber der Anna soll während all dieser Vorgänge, wie seine Kameraden hernach aussagten, nichts Besonderes anzumerken gewesen sein. Nach dem allerersten unwillkürlichen Schreck, den Jeder empfindet und nicht verbergen kann, wenn er das Unglücksloos zieht, habe er gleich wieder gepfiffen und gesungen, seinen mageren Beutel ausgeleert, um für den Rest der ganzen Baarschaft Wein kommen zu lassen, und sei auch am Abend ganz zeitig schlafen gegangen. Alle hatten ihn gern wegen seiner guten Manieren, zu leben und leben zu lassen. Darum waren auch Alle aufs Höchste erschrocken, als Morgens beim Appell sein Name verlesen wurde und keine Antwort darauf erfolgte. Die Wachen wurden scharf vernommen, alle Thüren und Fenster visitirt, man fand keine Spur, auf welchem Wege er entwichen sein möchte, und bis auf den heutigen Tag ist es nicht ganz aufgeklärt; wahrscheinlich aber, daß er durch den Kamin über die Dächer hinweg das Freie gesucht und gedacht hatte, auf demselben Wege unbemerkt zurückzukommen.

Aber ein trauriger Unfall hatte ihm den Rückweg leider abgeschnitten. Die Streifpatrouillen, die nach ihm ausgeschickt wurden, suchten hier und dort lange vergebens, bis man den armen Burschen endlich an einem schroffen Felsenhang, eine Stunde von der Stadt, hilflos mit einem schweren Bruch des rechten Unterschenkels liegen fand. Wie er dort hingekommen, ob im Auf- oder Absteigen der Sturz geschehen, war nicht aus ihm herauszubringen. Da er überall wohl angeschrieben war, hätte man – trotz der Notwendigkeit strenger Justiz – doch vielleicht die Strafe ermäßigt, wenn er seinen nächtlichen Abschied von der Anna gebeichtet und seinen guten Willen, zurückzukehren, betheuert hätte. Aber er blieb völlig stumm und verweigerte jegliche Auskunft; da war er denn vor dem Standrecht nicht zu retten.

Die Nachricht hiervon verbreitete sich wie ein Lauffeuer durch die ganze Gegend. In das hochgelegene Forsthaus brachte sie der Vater selbst mit, der, obwohl er dem Burschen nicht eben grün gewesen, doch menschlich genug war, das klägliche Ende, dem er entgegenging, zu bedauern. Anna hatte Alles mit angehört, ohne einen Laut von sich zu geben. Fünf Minuten nachher war sie aus dem Hause verschwunden.

Das war am Nachmittag, und bis dahin ist Alles in dieser trübseligen Geschichte verständlich und auch wohl sonst schon vorgekommen. Was aber weiter geschah, hat man aus abgerissenen Zeugenaussagen mühsam zusammenbuchstabiren müssen, und wenn man sich's vorstellen will, ist man immer wieder im Zweifel, ob es denn überhaupt menschen-möglich ist. Unser Beruf freilich läßt uns mehr die Schatten- als die Lichtseiten von diesem bunten Menschenwesen betrachten, und wir haben mit allerlei Volk zu verkehren, das unsere Ansprüche an die Gottähnlichkeit unseres Geschlechts ziemlich herabstimmt. Homo homini lupus: über dieses Thema können zwei von meinem Beruf, zumal in einer Gegend, wo die Cultur die grobschlächtigen Triebe und Leidenschaften noch nicht Mores gelehrt hat, Nächte lang mit einander phantasiren. Aber auf Manches sind wir selbst nicht gefaßt, und ich gestehe, daß ich damals – ich war freilich auch ein bischen in das Mädel verschossen gewesen – eine Woche lang jede Nacht aus den schauderhaftesten Träumen mit Schreien aufgewacht bin, so entsetzlich hatte mich die Sache gepackt.

Das Commando nämlich über das Rekrutirungscorps hatte ein junger Offizier, dessen Namen ich nicht nennen will, weil sein alter Vater, ebenfalls ein verdienter Militär, wohl noch leben mag, wenn er auch seitdem verschollen ist. Der Sohn machte überall, wo er sich zeigte, den besten Eindruck; ich selbst hatte Mittags und Abends gern mit ihm discurrirt, wenn ich ihn am Wirthstische fand, und mich gefreut, den jungen Mann so gut unterrichtet, so bescheiden, wohlwollend und nichts weniger als sittenlos zu finden. Noch an dem Mittage, wo Alles von dem Schicksal des armen, wieder eingefangenen Fahnenflüchtlings voll war, sprach ich ihn auf der Gasse, und er war sehr betrübt, daß dem Burschen nicht durchzuhelfen sei. Um sechs Uhr Abends sollte er erschossen werden; er hatte schon gebeichtet und einen Brief geschrieben an einen Freund, den Einzigen, der im Geheimniß seiner Liebschaft war und nach seinem Tode dem Mädchen das Blatt mit seinem Abschiedsgruß heimlich bringen sollte. Uebrigens schien ihm der Tod keinen Schrecken zu erregen; die Hoffnungslosigkeit seines Schicksals und seiner Liebe mochte ihm das Leben verleiden.

Hiervon erzählte mir der junge Offizier, und ich weiß noch, daß ich darüber nachdachte, wie harte Prüfungen gewisse »weichgeschaffene Seelen« in manchen Lebensstellungen durchzumachen haben. Als ich einige Stunden später die Salve krachen hörte, die dem Himmel einen der wackersten Galantuomini, die je in der Haut eines armen Teufels gesteckt, sehr vorzeitig zuschickte, mußte ich unter anderen erbaulichen Betrachtungen auch an den jungen Offizier denken, der wohl selten mit so schwerer Zunge: Feuer! commandirt haben mochte, als in jenem Augenblick.

Auch ließ er sich Abends nicht an der Wirthstafel sehen – wie ich meinte, aus Erschütterung über die Execution. Wie weit ab war ich davon, den wahren Grund zu ahnen!

Der Reitknecht des jungen Herrn hat nachher ausgesagt, daß an jenem Abend, eine Stunde etwa nach der Execution, als es schon dunkel geworden, ein schönes großes Mädchen zu ihm gekommen sei und nach seinem Herrn gefragt habe. Er kannte sie nicht, weil er erst so kurze Zeit am Ort war, ließ sie aber, da hübsche Mädchen immer freien Zutritt haben, einstweilen in das Zimmer seines Herrn, der eben von dem Begräbniß des armen Füsilirten herkam und droben in der Kaserne zu thun hatte, und ging, da das Mädchen große Eile zu haben schien und seine Galanterien mit stolzer Kälte abwies, den Herrn zu rufen. Er mochte wohl ein Liebesverhältniß wittern, obwohl der junge Offizier ihn bisher niemals zu seinem Zuführer gebraucht, und auch in dem Rufe einer exemplarischen Gleichgültigkeit gegen die Weiber stand. Aber freilich, wenn sie Einem zugelaufen kommen, dachte er, wird man ja kein Narr sein. Er merkte dann wohl, daß sein Herr das Mädchen noch eben so wenig kannte, wie er selbst, und konnte sich nicht versagen, draußen an der Thür zu horchen, was zwischen den Beiden verhandelt werden möchte.

Sie sprachen indeß so leise, daß er kein Wort verstand. Also nahm er sich die Freiheit, geradewegs unter dem Vorwand einer gleichgiltigen Meldung hineinzugehen. Da lag das Mädchen vor dem jungen Offizier auf den Knieen, und der hatte, so viel man in dem dunklen Zimmer sehen konnte, einen ganz aparten Ausdruck im Gesicht, hatte sich die Halsbinde abgenommen, als wolle er freier Luft schöpfen, ging erst wie abwesend mit großen Schritten hin und her und schnob dann plötzlich den Burschen, der an der Schwelle stehen geblieben war, mit einer ihm ganz ungewohnten Heftigkeit an, warf ihn hinaus und verriegelte die Thür hinter ihm.

Eine halbe Stunde später kam das Mädchen heraus; der Offizier begleitete sie aber nicht weiter, sondern rief ihr nur eine gute Nacht nach und schloß sich dann wieder ein. Im Vorzimmer, wo der Horchende sich aufgehalten hatte, brannte ein Licht, und bei dessen Schein konnte der Bursch bemerken, daß die Züge des Mädchens einen entsetzlich starren und todten Ausdruck hatten und die schöne bräunliche Farbe der Wangen gar kein Blut mehr durchschimmern ließ. Sie stand erst eine ganze Weile, als müsse sie sich besinnen, wo sie war, und der Bursch, obwohl keiner von den Empfindsamsten, hatte, wie er hernach sagte, das Herz nicht, sie anzureden. Sie bemerkte ihn auch nicht, sondern sah unverwandt vor sich hin. Dann schüttelte sie sich plötzlich vom Wirbel bis zur Zehe, fuhr sich ein paar Mal mit der Hand über die Stirn und klopfte endlich leise wieder an die Thür. Drinnen aber blieb Alles taub und stumm. Sie pochte heftiger und sagte endlich mit einer Stimme wie ein Gespenst – (so bezeichnete es später der Bursch): Geben Sie mir das Blatt heraus, das mit der Begnadigung. Ich hab' es auf dem Tische liegen lassen, ich will es ihm bringen; geben Sie mir's; ich muß es haben; man glaubt mir sonst am Ende nicht.

Die Thür blieb verschlossen, und sie fing von Neuem an zu klopfen. Da trat der Bursch zu ihr und fragte, was sie denn wolle, und welche Begnadigung sein Herr ihr gewährt habe. Sie sah ihn erst an, als verstünde sie nicht, wie man noch fragen könne. Dann besann sie sich und sagte: Gehen *Sie* lieber hinein und bitten ihn um das Blatt! – Als er sich nicht rührte, griff sie in die Tasche und bot ihm

Geld an. Ich muß das Blatt haben, sagte sie gebieterisch. Die Wachen lassen mich sonst nicht zu ihm, und er verbringt noch die ganze Nacht in der Todesangst.

Sie sprechen wohl von dem Italiener, antwortete der Bursch und nannte den Namen ihres Geliebten.

Sie nickte.

Nun, wenn das ist, sagte er und es wurde ihm Alles klar, so hat sich der Herr einen Spaß mit Ihnen gemacht. Der braucht keine Wache mehr; wo der untergebracht ist, da läuft Niemand wieder weg. Haben Sie denn vor einer Stunde die Schüsse nicht gehört? Schade um den armen Jungen; der hätte einen ganz prachtvollen Soldaten abgegeben, und an Courage hat es ihm wahrhaftig nicht gefehlt. Wie gegossen stand er da, als die Kameraden die Gewehre luden, trotz seines zerbrochenen Beines und fiel um wie eine Tanne.

Kaum aber hatte ich das heraus, sagte er, als mir's siedend heiß übern Nacken lief. Denn ich meinte nicht anders, als das Mädel spritzte das helle Feuer aus den Augen, und sie waren auch gar nicht mehr wie ordinäre Menschenaugen, sondern – Gott strafe mich! wie wenn ein Höllenteufel da oben in dem armen Hirn wirtschaftete, und ich trat einen Schritt zurück. Aber das dauerte nicht lange, dann that sie den Mund mit den blanken Zähnen weit auf, als wollte sie schreien, aber sie lachte nur recht von Herzen, daß ich noch dachte: Nun Gott sei Dank, sie macht sich nicht viel draus und versteht Spaß. Ich wollte ihr eben noch zureden, sagte der Bursch; aber da wurde sie wieder ernsthaft, legte den Finger auf den Mund, zog die schwarzen Augenbrauen in die Höhe und ging geschwinde aus dem Zimmer.

Eine Pause entstand, während deren der Landrichter an der längst ausgegangenen Pfeife sog und dann langsam die Asche ausklopfte. Der kleine Graf fuhr sich mit dem Taschentuch über die Stirn, auf der große Tropfen standen, athmete hörbar aus der gepreßten Brust und seufzte, ohne den Andern anzublicken: Entsetzlich! das ist entsetzlich!

Das ist es, nahm der Landrichter wieder das Wort. Und Sie haben das herrliche Mädchen nicht einmal gekannt. Wenn Ihre Nerven nicht die besten sind, so erlassen Sie mir das Ende.

Der Graf winkte rasch mit abgewandten Augen, daß er fortfahren solle. Aber es dauerte noch eine Weile, bis der Erzähler, von seinen Erinnerungen übermannt, sich wieder zum Reden anschickte.

Sehen Sie, sagte er, bis auf den heutigen Tag kann ich diese Menschen und diese That nicht ganz zusammenreimen. Von ihr verstehe ich es noch am ersten.

Von ihr? Von diesem Mädchen, das Ihnen selber nicht gleichgiltig war?

Sie hatte ihrem Geliebten das Versprechen abgenommen, wie ich Ihnen schon sagte, und wie wir hernach von dem Freunde des Erschossenen erfuhren. Sie hielt sich für die einzige Anstifterin der ganzen unseligen Geschichte; denn sie wußte wohl, welche Macht sie über ihn besaß. Sie wußte auch, daß er sich eher in glühendem Pech sieden lassen würde, als ihr Geheimniß preisgeben; denn sie selbst hatte sich's von ihm zuschwören lassen, und nur der eine Freund mußte darum wissen, weil er den Boten zwischen ihnen machte und übrigens die beste Haut und ihnen beiden ganz ergeben war. Und nun nehmen Sie hinzu, daß sie eine jähe und ungestüme Willenskraft besaß, fast zu viel für ein Mädchen, und dabei eine strenge und reine Seele, die von dem Preis, der für das Leben ihres Geliebten gefordert wurde, nur eine unklare Vorstellung hatte. Wissen wir auch, was der Wahnsinn der Angst aus einem armen rathlosen Menschen machen kann? Macht er nicht aus einem Schwächling zuweilen einen Helden, und bricht dann wieder die stärkste Natur, daß sie alle und jede Besinnung verliert? Aber er, der Teufel von einem Verführer, bleibt mir ein Räthsel, das mich an aller Physiognomik, an aller Seelenkunde irre macht. Ich weiß so gut wie Andere, daß *der* Teufel der schnellste ist, der so schnell ist wie der Uebergang vom Guten zum Bösen. Und dennoch – aber was hilft das Philosophiren? Ihnen kann ich ja auch nicht klar machen, wie der ganze Eindruck, den ich von dem Unglücklichen empfangen, noch immer sein Verbrechen, ich meine das Niedrige, Satanische darin, Lügen straft. Hatte ihn das Blut des armen Erschossenen, das er fließen sehen, plötzlich zur Bestie gemacht? War es das dämonisch auflodernde Bewußtsein, Macht zu haben über das schöne Geschöpf, über das sonst Niemand etwas vermochte? Hatte er Wein im Kopf? That er's in einem Anfall von Wahnsinn?

Manchmal bin ich geneigt gewesen, das Letztere zu glauben. Denn was noch kommt, ist sehr danach angetan, Zweifel zu erwecken an seiner klaren Vernunft. Den anderen Tag nämlich merkten ihm Alle eine seltsame Beklommenheit und Zerstreutheit an. Er versuchte zu scherzen, wo es nicht hingehörte, machte grobe Versehen in Dienstsachen, die er freilich gleich selbst corrigirte, kam auch wieder nicht zu Tische, und betrieb die Anstalten zum Abmarsch mit einer auffallenden Hast. Schon den zweiten Morgen sollte das Corps aufbrechen, obwohl die Aushebungsangelegenheit nur erst notdürftig erledigt war. Einige fragten ihn, was ihm sei? ob er neue Ordres bekommen habe? Es war aber aus seinen Antworten nicht klug zu werden.

Nun hat sein Bursch hernach ausgesagt, daß ihm am Mittage ein junger Mensch, der sich später als der Freund des Erschossenen herausstellte, einen Brief gebracht habe, über den er plötzlich sehr vergnügt geworden sei. Der Ueberbringer habe das Geld, das er ihm als Botenlohn geben wollen, ausgeschlagen, aber gesagt, daß er gegen Abend wiederkommen werde, dem Herrn die Wege zu zeigen. Ihm, dem Burschen nämlich, sei das Alles verdächtig vorgekommen, obwohl er von der Freundschaft des Fremden mit dem todten Liebhaber der Anna nichts wußte. Er habe auch seinen Herrn zu warnen versucht, der aber sei wie ausgewechselt gewesen und, sonst die Leutseligkeit selbst, nun auf einmal ganz grob und jähzornig. So habe er ihn denn in der Dämmerung mit dem Fremden weggehen sehen und nach der Weisung, ihn vor morgen früh nicht zu erwarten, sich selbst schlafen gelegt.

Als dann aber der Morgen kam und der Mittag, und alles Nachfragen in der Stadt vergebens war, kam der Bursch zu mir gelaufen und vertraute mir seine Mutmaßungen. Ich konnte nach der Beschreibung keinen Augenblick zweifeln, welches Mädchen er meinte, verbarg, so gut es ging, wie mich die Sache angriff, um meiner amtlichen Zurechnungsfähigkeit nichts zu vergeben, und dirigirte noch denselben Nachmittag eine Streifpatrouille nach der Försterei hinauf, wo wir erst bei dunkler Zeit anlangten. Wir fanden die Familie in großem Kummer, Alle, bis auf die Anna, in der Wohnstube beisammen, und der Förster erzählte uns, seine älteste Tochter sei plötzlich heute früh, da sie beim Frühstück gesessen, unter sie getreten, gar nicht wiederzuerkennen, die Kleider beschmutzt und zerrissen, das Haar ungekämmt, und habe, ohne guten Morgen zu wüschen, einen lauten, unverständlichen Gesang angestimmt und sie heftig und immer heftiger aufgefordert mitzusingen. Auf die Frage, was sie denn habe, und warum sie das unvernünftige Singen treibe, habe sie erwiedert: die Hölle ist gebändigt, der Schlange ist der Kopf zertreten, Halleluja! und dann wieder gesungen, daß man es draußen weitum mit Entsetzen gehört habe. Endlich, nachdem wohl eine Stunde lang dies tolle Wesen angehalten, sei sie auf einmal stumm geworden, habe sich geschüttelt und mit einer leisen unheimlichen Stimme gesagt: Die Ameisen! die Ameisen! Laßt sie nur! Jagt sie nicht weg! Sie thun nur ihre Schuldigkeit! – und dann wieder schauerlich in sich hinein gekichert, daß ihnen die Haare zu Berge gestanden. Mit Mühe hätten sie sie hernach auf ihre Bodenkammer hinaufgebracht, wo sie sich seitdem ruhig verhalte, nur daß man sie dann und wann lachen und auch jene Worte sagen höre, aus denen Niemand klug werden könne.

Ich stieg hinauf zu ihr mit dem Lieutenant, der die Patrouille führte. Doch sahen wir nichts in der dunklen Kammer, deren Thür sie verriegelt hatte, und auf alles, was wir ihr durch die Spalten des Bretterverschlags zuriefen, gab sie keine Antwort. Aber die Stimme, das leise Lachen, die abgerissenen Worte – das Alles werde ich nie vergessen. Ein paar Mann blieben im Hause zurück, wir Anderen mit dem Förster begannen den Bergwald abzusuchen mit Fackeln und Laternen, was in der Geschwindigkeit aufzutreiben war. Ich sehe noch das Gesicht, das die Jüngere, die Filomena, damals hatte, wie sie neben dem Ofen saß, steif und starr, und ihr Bräutigam umsonst versuchte, ihr ein Wort abzulocken. Ob sie mehr wußte, als die Andern? ob die Schwester sich, vielleicht unwillkürlich, gegen sie verraten hatte? Sie saß da so festgekauert, als sei das der einzige sichere Fleck auf der ganzen Welt, und bei jeder Handbreit vor- oder rückwärts müsse sie ins Bodenlose stürzen. Der Bräutigam, ein wohlhabiger Trientiner Bürger, gab es endlich auf, sie zum Reden zu bringen, und schloß sich uns an. Er liebte seine Bequemlichkeit, und die Sache war ihm sehr verdrießlich, aber er glaubte es der Familie schuldig zu sein.

Nun führte uns ein richtiger Instinct gleich bergauf, weil es dort rauher und einsamer war und zu jeder grausen That der arme verwilderte Menschensinn sich am liebsten eine Wildniß sucht. Da fanden wir denn zunächst die Blockhütte, und die Thür offen, gegen die Gewohnheit. Drinnen sah man eben nicht viel Hausrath, aber eine sehr zerstampfte Streu von Moos und Gras, wie es schien erst frisch aufgeschüttet, und auf der einen Bank einen großen Krug, den der Förster sogleich für sein Eigenthum erkannte, auch ein paar Gläser, und eins war noch vollgeschenkt mit Wein. Ich ließ sorgfältig in alle Winkel leuchten, da lag auch richtig die Uniform, die so mit dem Fuß beiseit unter die Bank gestoßen zu sein schien, und auf dem Fensterbrett eine goldene Uhr und eine volle Börse, die der Bursch als seinem Herrn gehörig recognoscirte. Aber von dem Unglücklichen selbst vorläufig keine Spur, auch nicht in der Nähe draußen, nirgends ein Blutflecken, noch andere Anzeichen eines Kampfes. Wir zerstreuten uns in kleine Trupps; ich stieg höher hinauf, der Vater war bei mir, der Bräutigam blieb lieber in der Hütte zurück, da er müde war, und nur noch der Bursche folgte uns die steilen Klippen hinan, durch die licht stehenden Tannen.

Ich will kurz sein. Eine Schlucht hat den Berg da oben zerklüftet. Ich weiß nicht, wie ich auf den Gedanken kam, da müsse er hineingestürzt sein. Aber es war schlimmer. Denn jetzt kam der Mond herauf, und wir konnten einen Büchsenschuß um uns her jeden einzelnen Baum erkennen. Was hängt da Weißes? rief auf einmal der Bursch und stand wie versteinert, denn er litt an Gespensterfurcht. Ich sah scharf durch die Stämme und konnte ebenfalls kein Wort vorbringen, so jämmerlich war der Anblick. Eine Tanne, unten ganz kahl, stieg neben der Steinkluft auf und streckte, wohl mannshoch über dem Boden, ein paar einzelne Aeste von sich. An dem einen hing der Unglückliche, in Hemd und Hosen, die Arme mit einem festen Strick über den Rücken geschnürt, die Füße ebenfalls straff an einander gebunden und oben an dem Ast mit dreifacher Schlinge aufgehängt, während der Kopf, nicht weit vom Rande der Kluft, mit dem herabhängenden Haar so eben den Boden berührte. Da aber, wo das geschah, zwischen den Wurzeln der Tanne, hatten Ameisen ihren Bau aufgeführt, der freilich von Fußtritten halb zerstört war, aber wir sahen mit Schaudern das Wimmeln der Thiere, die das todte Haupt –

Hören Sie auf, stöhnte der Graf und sprang von der Bank in die Höhe. Keine Höhe kann darüber hinaus!

Er lief wie unsinnig im Zimmer umher, stürzte ein Glas Wasser hinab und fächerte sich in Einem fort Kühlung zu. Indessen erwachte der Schläfer am Tische, glotzte verwundert um sich und wankte mit Mühe hinaus. Die Kellnerin schlief in dem Vorzimmer, in der Gasse draußen war Alles todtenstill.

Ich bin nun gleich zu Ende, sagte der Landrichter. Erst aber muß ich noch bemerken, daß diese mit so teuflischem Witz ausgeklügelte Rache nicht eine Erfindung des verstörten Mädchens war, sondern ein uralter Brauch ist, der in der Blutrache zwischen Wilderern und Jägern immer noch hin und wieder in Ausübung kommt. Ich selbst habe, Gott sei Dank! so lang ich im Amt bin nur noch ein einziges Mal einen ähnlichen Fall erlebt. Und so mag sich der Anna, als ihr klar wurde, welch einem ausgesuchten Bubenstück sie zum Opfer gefallen war, sofort auch jene haarsträubende Art der Rache aufgegangen sein, von der sie, da ihr Vater ein Jäger war, mehr als Einmal gehört haben muß. Ich will nun aber all die kläglichen Einzelnheiten übergehen, wie wir den Todten herunternahmen, in die Hütte brachten und fruchtlose Belebungsversuche anstellten. Ein Schlagfluß scheint sich bei Zeiten seiner erbarmt zu haben. Wie es aber möglich war, die Gräuelthat auszuführen, überstieg all' unsere Vorstellung. Denn sie hatte keinen Helfershelfer gehabt, selbst dem Freunde ihres erschossenen Geliebten, der hernach eingezogen wurde, von ihrem Vorhaben nichts gesagt; nur den Boten und Wegweiser hatte er gemacht und sich selbst verwundert, was es zu bedeuten habe. Aber auch er gehorchte ihr blindlings, und nur als sich am Morgen die Nachricht verbreitete, der Offizier werde vermißt, stieg ihm ein banger Argwohn auf und er suchte sich davonzumachen. Also hatte das entsetzliche Mädchen ganz allein den schlafenden Mann binden und die steile Höhe hinanschleppen müssen, eine That, zu der nur die Kraft einer Wahnsinnigen, von Wuth und Rache über alles Menschliche hinausgerissen, ausreichen konnte.

Fast furchtbarer noch, als diese Schreckbilder, ergriff mich aber der Anblick des Vaters und der jüngeren Schwester. Vergebens suchte ich dieser die Wahrheit zu verbergen. Die Großmutter sah ziemlich stumpfsinnig darein, als wir den Todten auf der Bahre von Zweigen herunterbrachten; das Kind aber, die Filomena, fiel schreiend um und lag dann für todt, und als sie später wieder zu sich

kam, gerieth sie in ein heftiges Fieber, das ihr nahe am Leben vorbeiging. Weber sprach nicht ein Wort. Er war sonst bei aller Dienst-
strenge und selbst Härte eher ein heiterer Mann, der gerne mit seinen Kindern scherzte, auch mit guten Freunden, was freilich selten
vorkam, bei der Flasche einen munteren Discurs führte. Seit jenem
Tage hat er nie ein Wort über das Nothdürftigste gesprochen, ge-
schweige je gelacht. Ich konnte noch am meisten mit ihm ausrich-
ten. Doch kostete es einen harten Kampf, bis ich ihn dazu brachte,
sich von der armen Irrsinnigen zu trennen und sie einer Anstalt
anzuvertrauen. Nur daß ich ihm vorstellte, wie traurig dies Bei-
sammenleben auf die Jüngere wirken müsse, leuchtete ihm ein, und
die Anna ist seitdem wohl aufgehoben, auch die meiste Zeit still
und zufrieden, bis es sie dann plötzlich überläuft und sie aufschreit:
Die Ameisen! Die Ameisen! – Auch die Filomena ist wieder etwas
zu sich gekommen, und ich glaube selbst, daß sie noch eine ganz
glückliche brave Frau werden könnte, wenn sich ein rechtschaffener
Mann zu ihr fände, der an der unglückseligen Geschichte und dem
starrsinnigen Alten keinen Anstoß nähme. Der erste Bräutigam
freilich, der Trientiner, zog sich mit schnöder Eilfertigkeit zurück
und verleugnete selbst die stadtkundige Verwandtschaft mit lächer-
lichem und elendem Eifer. Weder der Vater, noch die Tochter
schienen das zu bedauern. Der Alte aber kam sofort um seinen Abschied ein, denn es litt ihn keinen Tag mehr in jener Gegend, und da
er auch durch allerlei Wunderlichkeiten zu erkennen gab, daß er,
wie man zu sagen pflegt, einen Hieb davon wegbekommen hatte,
und selbst an seiner Forstmeisterschaft nicht mehr hing, pensionirte
man ihn und sorgte unter der Hand, daß er irgendwo ein Unter-
kommen fand. Vieles, wozu er wohl tauglich gewesen wäre bei
seiner Bildung und Redlichkeit, schlug er rundweg aus. Er wollte
nicht mit Menschen zu thun haben, und nie und nimmermehr an
die furchtbare Vergangenheit durch einen zudringlichen oder mit-
leidigen Blick erinnert werden. Endlich wurde ihm durch wohlwol-
lende Vermittlung hoher Personen, denen die Tragödie Antheil
eingeflößt hatte, die Schloßhüterstelle droben in Planta ausgewirkt.
Die sagte ihm zu. Diese Gegend ist schon ziemlich weit ab von dem
Schauplatz jener Begebenheit, und weil damals der Krieg mit seinen
Schrecken, Sorgen und täglichen Neuigkeiten dazwischenbrauste,
hatte die oberflächliche Zeitungsnotiz, die auch hierher gedrungen
war, sich bald wieder wie eine Kalendergeschichte den Leuten aus

dem Gedächtniß verloren. Dazu noch der Namenswechsel, den man dem schwergebeugten Manne gestattet hatte, so daß er hier als ein völlig Unbekannter einzog und den Menschen um ihn her frei ins Gesicht hätte blicken dürfen. Aber wie Sie wissen, hat sich während dieser Jahre sein schroffes, schweigsames Wesen nicht gemildert. Auch an den Preisschießen der Umgegend würde er sich gewiß nicht betheiligen, ohne einen besonderen Grund, den ich aus einer ihm damals entschlüpften Aeußerung erraten zu haben glaube. Seine fixe Idee ist, daß er ganz fort müsse, den Welttheil verändern, drüben überm Meer versuchen, ob er die Vergangenheit nicht völlig abschütteln könne. Da er nun ohne Vermögen ist, hat er sich die härtesten Entbehrungen auferlegt. Wie es droben in seinem Hausstande hergeht, haben Sie wohl bemerkt. Es kommt Jahr aus Jahr ein kein Bissen Fleisch auf den Tisch, die drei Menschen leben nur von Milch, Brod und Polenta.

Aber die Alte trinkt Wein. Das Mädchen hat es mir gesagt.

So muß sie ihn sich heimlich verschaffen; denn der Mann hat seit jenem Tage keinen Tropfen Wein mehr über die Lippen gebracht. Und so trägt er auch seinen Schützengewinn, der ihm jedesmal so gut wie sicher ist, ungeschmälert mit heim und speichert ihn in seinem Spartopf auf. Ich weiß nicht, wie er seine Berechnung gemacht hat, und wann er darauf hofft, aufbrechen zu können. Aber dessen bin ich gewiß: hat er die Summe beisammen, so wartet er keine Woche länger, und verläßt diesen Himmelsstrich, unter dem er so viel verloren hat. Und dann seien Sie überzeugt, daß er das Kind nicht zurückläßt. Er nähme am liebsten auch die Andere mit, die er jedes Jahr in ihrem traurigen Quartier einmal wieder aufgesucht hat. Sie hat ihn aber nicht wiedererkannt, und er ist immer mit noch schwererem Herzen von ihr weggegangen.

Der Landrichter schwieg eine Weile und sagte endlich, da der Graf stumm vor sich hin sah: Es thut mir leid, daß ich Ihre menschenfreundlichen Absichten mit diesen Eröffnungen habe niederschlagen müssen. Aber Sie sehen selber ein, daß gegenüber einem so verbissenen und verbitterten Hang, das Unglück, das der Himmel geschickt hat, sich wie eine Schuld anzurechnen und sich und die Seinigen nun wie von Gott gezeichnet anzusehen, jedes fremde Eingreifen, und wäre es noch so schonend, als eine neue Kränkung empfunden wird. Ich kann nur wünschen, daß der Weber bald dahin gelangt, sein Vorhaben auszuführen. Vielleicht wirkt dann doch die Reise und die neue Welt ein Wunder an dieser wundersamen Natur, und er greift das Leben noch einmal wie ein neuer Mensch mit frischen Kräften und Hoffnungen an. Drüben findet er auch am Ende einen Leidensgefährten. Denn auch der Vater des unglücklichen Offiziers ist, wie ich Ihnen sagte, verschollen. Erst hat er im Kriege den Tod gesucht; als aber Frieden ward und er avanciren sollte, ist er um den Abschied eingekommen, hat auch den wohlverdienten Orden abgelehnt und sich als Oberst, was er schon vorher war, pensioniren lassen.

Als Oberst? unterbrach ihn der Graf, Herr des Himmels! Ich gerathe auf eine unheimliche Vermuthung. Sie haben den alten Herrn neben mir vorhin so eilig aufbrechen sehen, als Sie zu erzählen anfingen, und eben entsinne ich mich, daß er neulich, als ich am Boden ausruhte, mit einer seltsamen Verstörung in mich drang fortzugehen, weil er Ameisen an der Stelle bemerkte. Ja wohl, und seine menschenfeindlichen Reden, seine finstere Verschlossenheit –

Sie mögen wohl Recht haben, sagte der Andere. Und wenn es wäre, so werden Sie den alten Herrn schwerlich wiedersehen. Geben Sie sich aber, wenn Sie mir folgen wollen, auch keine Mühe weiter, den *Weber* noch einmal aufzusuchen. Er wird sicherlich nach der heutigen Scene noch gereizter, noch argwöhnischer gegen Sie sein; und gnade Gott dem jungen Windbeutel, dem er vorhin nachgegangen ist, ohne Zweifel um ihm eine scharfe Lection zu geben. Findet er nicht Alles in Richtigkeit, und hat der Leichtsinnige wirklich mehr auf dem Gewissen, als ein paar verliebte Redensarten, die er dem Mädchen etwa bei einem flüchtigen Begegnen zugeraunt hat, so erleben wir noch ein Unglück. Denn dieses Kind ist das einzige Lamm des Armen, und wer ihm nur die Haut anrührt, den wäre der Weber im Stande niederzuschießen, wie ein reißendes Thier.

Eine lebhafte Angst bemächtigte sich des kleinen Grafen. Er mußte denken, wie er das Mädchen heut während des Unwetters zu Füßen des Kreuzes gefunden hatte, und die verzweifelnden Worte, die ihr entfallen waren. Kommen Sie, rief er und sprang auf, wir müssen nach, mir ahnt das Schlimmste; wer weiß, ob wir nicht schon zu spät kommen, um neues Unheil zu verhüten.

Und wohin? erwiederte der Landrichter gelassen.

Sie haben Recht, seufzte der Graf kleinlaut. Es wäre eine Thorheit. Und überdies ist es ja nicht Ihres Amtes, Schuld zu *verhüten*, sondern zu *richten*. Ich aber – Gott weiß, was ich darum gäbe – hören Sie nichts? Es klang wie ein Hilferuf.

Eine Pause trat ein. Draußen lag die Nacht so lautlos über der Stadt, daß man nur die Brunnen fließen hörte. Die Männer horchten hinaus.

Es war eine Sinnestäuschung, sagte der Landrichter. Meine traurige Geschichte spukt Ihnen im Ohr. Gehen wir draußen noch ein Weilchen auf und ab, den Wein verdampfen zu lassen und Ihre Nerven zu beruhigen. Ich bereue es fast, Sie eingeweiht zu haben.

Stumm verließen sie die Schenke und gingen auf den mondbeschienenen Uferdamm hinaus, an dem die Passer, vom Gewitter geschwellt, strudelnd und sprudelnd vorbeischoß. Auch die Lüfte waren unruhig, Wolken streiften in dünnen, flatternden Fetzen über den Mond, der nur auf Augenblicke rund und rein heraustrat. Dann aber ergoß sich ein greller Schein rings über den weiten Bergkessel, und die kleinen Schlösser, auch die fernsten, standen wie in bengalischem Feuer.

Die kummervollen Blicke des Grafen suchten vergebens droben hinter den Kastanienzweigen die Thürme des verfallenen Schlosses. Die Epheuwildniß verschlang alle Lichtstrahlen. Desto heller winkten die Zinnen des anderen Schlosses, wo jene falsche Zauberin hauste. Eine ahnungsvolle Unruhe, die auch den festeren Sinn des Landrichters angesteckt hatte, trieb die beiden Männer die Höhen hinauf, wo sie planlos und schweigend zwischen den Weingärten hinschritten.

Um dieselbe Stunde waren zwei andere späte Wanderer nahe an die obere Brücke gelangt, die von dem trüben Schwall der Naif noch kurz zuvor mächtig erschüttert worden war und jetzt wieder ruhiger auf ihren langen Pfosten schwebte. Noch immer dröhnte die Schlucht von den gewaltigen Schlammwellen. Aber die Gefahr war vorüber, und weit und breit in den umliegenden Bauerhöfen schliefen Menschen und Thiere ihren sorgenlosen Schlaf.

Die beiden jungen Leute droben standen jetzt an einem Bildstock und schöpften Athem nach dem Steigen und eifrigen Gespräch. Geh nun heim, Franzl, sagte der Schöne und lüftete das Strohhütchen, unter dem es ihm schwül geworden. – Ich habe hier noch irgendwo vorzusprechen, wobei du zuviel bist. Was ich dir gesagt habe, bleibt unter uns.

Aloys, erwiederte der Andere, 's ist schauderhaft. Sapristi! Eine Geschichte zum Haarsträuben. Was mich nur wundert, ist, daß sich das Mädel nicht zehnmal besonnen hat, so was auszuplaudern.

Es kam ihr, sie wußte selbst nicht wie, und Niemand, als ich, hätt' es aus ihr herausgebracht. Du weißt, Franzl, mir kann so leicht nichts Neues mehr passiren mit den Weibern. Ich bin so eingeteufelt, daß mir das Spiel nachgerade anfing, fad zu werden, weil ich immer gleich in alle Karten sah. Bei dem armen Ding da drüben war's anders, Alles anders, als bei den Uebrigen. Ich hab' eine Probezeit durchmachen müssen – dem schlimmsten Todfeind möcht' ich sie gönnen. Was ich an Schuhen zerschlissen habe über Fels und Dorn, Tag und Nacht, Winter und Sommer rings um den wüsten Steinhaufen, nur um das Gesicht einmal auftauchen zu sehen, in das ich wie ein Narr verschossen war, das wäre mir sonst als eine sündhafte Verschwendung vorgekommen. Es muß Hexerei im Spiel gewesen sein, sonst würd' ich mich schämen. Und das Aergste war, daß ich mich wahrhaftig vor dem Mädel am meisten fürchtete, mehr als vor dem Währwolf, dem Alten, und dem Ungethüm von Großmutter. Einmal steckt' ich unten im Thurmloch und hatte schon zwei Stunden gelauert, weil sie Morgens in den Hof geht an den Brunnen. Da steht sie plötzlich zehn Schritte weit vor mir, und sieht mich, und ich merke wohl, daß der Schrecken sie ganz wehrlos macht. Ich hätte mich endlich heranmachen und ihr was abgewinnen können. Aber ich vermocht's nicht, weiß der Henker warum;

ich stellte mich ganz einfältig, als sucht' ich was am Boden; um ein Haar hätte mich ein Scorpion gestochen. Als ich dann aufsah, war sie weg, und ich so fuchsteufelswild auf sie und mich und die ganze Komödie, daß ich einen Fluch darauf that, mir die unnütze Plage vom Hals zu schaffen und nimmer den Fuß in ihre Nähe zu setzen.

Und wie kam's dann, daß sie dir am Ende doch ins Garn lief?

Wie's so kommt, wenn man's gehen läßt und nicht darauf jagt. Drei ganzer Wochen blieb ich weg; mir war verdammt übel zu Muth dabei, aber der Aerger über meine Blamage vom letzten Mal machte mich verstockt. Wer weiß, ich hätt's auch noch länger durchgesetzt, bis vor sechs Wochen, da hab' ich ein Geschäft für meinen Alten abzumachen, droben in Schönna, und der Weg führt mich wieder vorbei. Wie ich unter den Nußbäumen bin, seh' ich so gedankenlos hinüber nach dem Thor, und richtig, wie bestellt tritt sie gerade über die Schwelle und hat einen Trog mit geschnittenem Grünzeug, für die Schwarzen, die draußen herumschnüffeln. Sie sieht mich kaum, so steht sie wieder wie angebannt, und ich sag' dir, schöner war sie mir nie vorgekommen. Sie mag nicht Jedermanns Geschmack sein, aber was ein Kenner ist, weiß so was zu schätzen. Und mir denkt die Zeit nicht, daß ich so zum Tollwerden verliebt war. Also geh' ich geradewegs auf sie zu, und das war das erste Mal, daß sie mir nicht davon lief.

Was sagte sie denn?

Nicht ein Sterbenswort. Aber sie hörte Alles an, was ich ihr sagte, und ich hatte meinen guten Tag, war so recht in meinem Fahrwasser, und brauchte ihr nicht einmal was vorzuflunkern, denn es kam mir, straf mich Gott, jedes Wort vom Herzen. Auch daß sie sich gar nicht rührte, mißfiel mir nicht. Ich merkte, mein Ausbleiben hatte den Starrkopf mürbe gemacht, und daß ich wiederkam, that den Rest. So am helllichten Tag, und wo Jedermann uns stören konnte, mocht' ich's freilich nicht weiter treiben, und für's erste Mal hatt' ich genug erreicht. Als daher ein Bube mit ein Paar Geisen des Weges kam, stellt' ich mich besorgt um das Gerede der Leute und fragte, ob ich morgen auf die Nacht sie wieder sprechen könne, in dem alten Thurmkeller, wo man durch die Mauerlücke einschlüpft. Sie wurde über und über roth und schüttelte den Kopf. Da sprang ich von ihr weg und rief ihr noch zu: Es bleibt dabei! – Und richtig blieb's dabei, ich kam, und sie, trotz allem Kopfschütteln, kam auch – und du kannst denken, daß ich ihr mit der Zeit die Zunge gelöst habe.

Der Andere lachte beifällig.

Lache nicht! fuhr der Jüngling fort. Pardi! 's ist nicht zum Lachen gewesen. Wie gesagt, ich meint', ich wisse Bescheid um Alles, was Zöpfe flicht und ein Mieder schnürt. An der fand ich meinen Meister. Mit keiner List und Gewalt wär' ihr was abzustehlen gewesen, was sie nicht gutwillig hergab. Ich bin manche Nacht wie ein Narr von ihr weggegangen und habe mich verwünscht, daß ich so viel Plage und Gefahr auf mich nahm um der paar Küsse willen. Denn wenn ich dem Alten einmal in den Wurf gekommen wäre – keine faule Weinbeere hätt' ich um mein bischen Leben gegeben. Und doch hing ich so an dem Aschenputtel, daß ich durchs höllische Feuer und eine lebendige Hecke von Vätern, die keinen Spaß verstehen, zu dem Mädel geschlichen wäre, so oft sie mich bestellt hätte. Auch wurde sie immer schmiegsamer, und ich durft' immer länger bleiben. Wie sie's mit der Alten machen sollte, daß die indessen überm Spinnrad einnickte, hatt' ich ihr gleich zu Anfang angezeigt. Ein Pulverl in den Wein gethan – probatum est. Und dann hatten wir unsere zwei, drei Stunden Ruhe. Sie erzählte mir mancherlei, aber niemals, wie es gekommen sei, daß sie droben in dem alten Getrümmer hausten, und woher sie stammten. Ich hätte besser gethan, nie danach zu fragen, aber mich stachelte was, daß ich endlich einmal einen Trumpf draufsetzte: Ich wollt's wissen, oder ich sei am längsten ihr Schatz gewesen! Und spielte mich schier in einen ernsthaften Zorn und Eifer hinein, daß sie erschrak und dachte, es wäre Alles aus, oder sie müsse beichten. Da kriegt' ich's denn zu hören, was ich dir vorhin erzählt hab'; ich kann sagen, es schüttelte mich wie's Fegfeuer, zumal draußen der Wind um den Thurm heulte und wir im Finstern auf den Steinen saßen. Als ich nun so stumm blieb und sie wohl merkte, wie mich der Graus gepackt hatte, wurde sie wie unsinnig, wie ausgetauscht, wehklagte bitterlich, daß sie nun Alles verdorben und verspielt hätte, und sie hab' es wohl gewußt, wenn ich das hören würde, konnte ich sie nimmer gern haben, obwohl sie unschuldig dran sei; aber es sei doch ihr Blut, ihrer Mutter Kind, und solch eine Schwester zu haben sei wie eine Todsünde und würde einen Erzengel in die Verdammniß stürzen. Solche Sachen klagte und jammerte sie in mich hinein, und als ich nichts darauf erwiederte, sondern wie ein Stein neben ihr sitzen blieb, fiel sie mir um den Hals und erstickte mich fast mit Küssen und Herzen, daß mir dann freilich wieder warm wurde, obwohl ich am liebsten auf und davon gegangen wäre; denn sie hatte nur allzusehr Recht, mit der Verliebtheit sah es auf einmal curios aus: ich hätte sie todt küssen und von mir fortstoßen mögen in Einem Athem. Und so kam's denn auch. Als ich fortging, hatte sie mir nichts mehr zu geben. Aber die Lust, sie je wieder um was zu bitten, war ein für alle Mal verraucht.

Er fuhr auf von dem Bänkchen, wo sie im Schatten des steinernen Bildstocks sich niedergelassen hatten. Hast nichts gehört, Franzl?

Nichts, Aloys.

Mir war's, als rührte sich was, oben hinter der Heckenmauer.

's ist der Hollerhof. Dem Hollerbauer seine Hühner nisten droben in dem Epheu über der Kapellen, und manches Mal, wenn ich auf der Wiese dahinter unterm Nußbaum mein Seitel Rothen trank, bin ich zusammengefahren von dem Rascheln und Flügelschlagen.

Mag sein, versetzte der Andere zerstreut. Ich bin schreckhaft und spuksichtig seit der Nacht, wo ich dem Mädel die Beicht' abgenommen habe. Vorhin, während wir hier heraufgingen, war mir's alle Augenblick, als käme ein Schritt hinter uns her, und doch, wenn ich umsah, war's nichts. Franzl, es reißt an mir, das arme Ding dauert mich, aber ich kann's nicht überwinden, wieder zu ihr zu gehen. Ich seh' immer die Schwester neben ihr sitzen und hör', wie sie vor sich hin sagt: Die Ameisen! Die Ameisen! Und ein Stück von ihrem Gemüth hat die Kleine auch, und wer weiß, was sie an mir thäte, wenn sie einmal dächte, es sei mir minder Ernst mit der Liebe, als ihr. Drum ist's besser, gleich ein Ende gemacht und einen Strich drunter und basta! Das aber sag' ich dir, Franzl: Wo du schwatzest, sind wir geschiedene Leut', ich versteh' da keinen Spaß. Das Mädel ist unselig genug, und dir hab' ich nur davon gesagt, damit du genau weißt, was du *verschweigen* mußt, wenn du zu dem Grafen gehst. Mehr, als ich dir aufgetragen, braucht er nicht zu wissen. So ist's weder *mir* schimpflich, noch dem Weber, und ich hoff', es wird dabei sein Bewenden haben. Gute Nacht, Franzl?

Gute Nacht, Aloys. Schlag zehn Uhr beim Raffl-Wirth; ich denk', ich bringe die Sache glattweg ins Reine. Bist ein Mordkerl, Aloys! Gleich wieder was Neues angebändelt! Na das werd' ich auch noch einmal zu genießen kriegen. Corpo della Madonna! Ein Mordhahn!

So von Bewunderung überfließend trollte er sich die gepflasterte Bergstraße hinab und nickte noch ein paar Mal zu seinem Freunde zurück, der still und finster vor dem Kapellchen stand. Erst als der Andere ihm aus dem Gesichte war, stieg Aloys die Straße langsam höher hinan, verdrossen und mit sich selbst hadernd. Es war ihm nicht recht, daß er den schalen Burschen zum Mitwisser gemacht hatte, obwohl er seines Schweigens, wie seiner guten Dienste, in allen Stücken sicher sein konnte. Auch hätte er's nicht eben nöthig gehabt, ihn einzuweihen. Aber die Geschichte lag wie ein Alp auf ihm, und er hatte gedacht, sich eine Erleichterung zu schaffen. Warum war denn jetzt der Druck nur um so peinlicher? Hatte er sich vielleicht dennoch etwas vorzuwerfen?

Er grübelte darüber nach, aber seine Gedanken entwirrten sich nicht. Dazu kam das Brausen der Naif, der er sich näherte, und der geisterblasse Mondschein, und hoch ihm gegenüber das starre Haupt des Ifinger, über den die Wolken hinjagten und die Täuschung erweckten, als nicke und drohe und schüttle sich der hohe Fels und sinne darüber nach, ob er niederstürzen und Sünder und Unschuldige begraben solle.

Seltsam: an der hölzernen Brücke angelangt, konnte der Jüngling sich nicht entschließen, den Fuß auf die langen Balken zu setzen. Sie zitterten freilich von der Gewalt des angeschwollenen Baches. Aber er wußte, daß ein hochgethürmter Erndtewagen ohne Gefahr hinüber gelangen mochte; was war für den einzelnen Wanderer zu fürchten? Und lag nicht fünfzig Schritte dahinter lockend und traulich in Mondenglanz das Schloß, wo man ihn sehnsüchtig erwartete? Und hatte er nicht schon manche Nacht alle Schauer der Erinnerung und des Gewissens abgeschüttelt, sobald er nur durch die heimliche Thür, die sich nach der Südterrasse öffnet, in das hohe, mit Blumenduft erfüllte Vorgemach seiner schönen Freundin getreten war, das viel wohnlicher war, als der Thurmkeller drüben in den unwirthlichen Trümmern?

Dennoch stand er am äußersten Geländerpfahl der Brücke still und sah in den Gischt hinab. Der zähe Schlamm, der unten in dem felsigen Bett wütend hinabschoß, zerspritzte in tausend abenteuerlichen Zacken und Zinken, und wälzte sich, vom Monde schwach angeschienen, wie eine geschmolzene Erdmasse ungestüm und schwerfällig zugleich in die Tiefe. Auch war in dieser Nähe das Getöse so stark, daß der einsame Nachtwandler trotz seiner bangen Feinhörigkeit die Schritte eines Anderen, der ihm gefolgt war, völlig überhörte. Jetzt stand die dunkle stämmige Gestalt in der groben Joppe dicht hinter ihm; eine schwere Hand legte sich auf seine Schulter, mit einem halb unterdrückten Schreckensruf fuhr der Jüngling zusammen, und das Blut stockte ihm am Herzen, als sein hastiger Blick zwei starren Augen begegnete, die ihn durch und durch zu blicken schienen.

Weber! rief er unwillkürlich und that einen Schritt zurück auf die Brücke.

Ich bin's, sagte der Andere mit kaltblütigem Ton. Und wer *du* bist, weiß ich auch. Die Hühner im Epheu auf dem Kapellenbach haben mir's verraten. Ein Schuft bist du, den ich, wo ich ihn fände, todtschlagen würde, wie einen räudigen Hund, wenn er nicht die Ehre hätte mein Schwiegersohn zu sein. Ich habe Glück mit meinen Schwiegersöhnen; der zweite ist des ersten würdig. Aber wer weiß, in meiner Zucht kann aus dem zweiten wenigstens noch eine Art ehrlicher Kerl werden. Wollen sehen, was sich machen läßt, wo nicht hier so drüben überm Meer, wo schon mancher Gaudieb wieder zur Raison gekommen ist.

Der Jüngling schüttelte sich unwillkürlich und hielt sich mit der Rechten am Geländer fest, während die Linke den Schweiß von der Stirn wischte. Weber, brachte er endlich stockend heraus – was – was wollt Ihr – von mir?

Antwort will ich, klare und bündige: Um welche Stunde morgen früh wirst du deinen Vater zu mir schicken, damit er um die Hand meiner Tochter für seinen Sohn bei mir anhalte? Antwort will ich – Antwort!

Ihr setzt mir's Messer an die Kehle, murmelte der Junge. Mein Vater zu Euch gehen – bei Euch anhalten – bedenkt doch –

Ich *hab's* bedacht, unterbrach ihn der Alte mit schneidender Kälte; daß ich mein einziges Kind einem Buben an den Hals werfen muß, der nicht gut genug ist, die zerrissenen Schuhe zu küssen, die das Aschenputtel auf den Kehricht wirft; daß der Vater dieses Buben eher sein halbes Vermögen hergäbe, als seinen wohlgerathenen Herrn Sohn an eine Betteldirne, und daß dieser Sohn ihr lieber Gift gäbe, als die Ehre zurück, um die er sie bestohlen hat. Das Alles ist *bedacht*, und das Alles verrückt kein Haar breit, was *beschlossen* ist und geschehen muß, so wahr der Himmel über der Erde steht und im Himmel ein Herrgott wohnt, der den Töchtern ihre Väter gegeben hat, um sie gegen Schufte zu vertheidigen.

Er hielt inne, als wolle er den Jüngling, der den Kopf tief auf die Brust gesenkt hatte, zu Worte kommen lassen. Als der aber eine geraume Zeit in verzweifeltem Brüten stumm blieb, griff ihm die harte Faust des Alten an die Brust und schüttelte ihn mit ausbrechender Wuth. Die Zähne von einander, Mensch, und ein vernehmliches *Ja* gesagt und deinen theuersten Schwur hinterdrein, daß du hier und dort nicht selig werden willst, wenn du an dem Mädel nicht thust, was du ihr schuldig bist? Hörst du mich? Was bedenkst du noch? Mit dem Bedenken sind wir fertig. Sonst, wenn ich noch einmal bedächte, wie niederträchtig du dich an meinem Kinde vergangen, und daß dies Kind das Letzte ist, was mir noch übrig geblieben von all meiner Hab' und Hoffnung, heiliger Gott, diese Faust –

Fort die Faust! rief der Jüngling, und suchte den eisernen Griff des Mannes abzuschütteln. Ihr überfallt mich wie ein Mörder, Ihr sollt erleben, daß ich der feige Schuft nicht bin, für den Ihr mich nehmt. Was geschehen ist, thut mir selber leid genug; wenn Ihr behorcht habt, was ich mit meinem Kameraden gesprochen, müsset Ihr's wissen, und ich will sehen, wie ich Euch zufrieden stellen kann. Aber mit den Fäusten lasse ich mir nichts abtrotzen, versteht Ihr wohl? und je mehr Ihr rast und tobt, desto fester sollt Ihr mich finden.

Der Alte ließ augenblicklich den Arm sinken und trat nur einen Schritt näher zu ihm auf die Brücke, als fürchte er, sein Feind möchte ihm entfliehen. Es ist wahr, sagte er wie für sich, ich vergesse, 's ist mein Schwiegersohn, ich muß väterlich mit ihm umspringen. Nun, junger Herr? fragte er mit einer höhnisch heiseren Stimme, habt Ihr Euch auf die Antwort besonnen? Ihr werdet einsehen, daß mir bei aller Hochachtung vor Euch und Eurem Herrn Vater mein eigen Kind doch noch näher steht. Es mag Euch unbequem sein, zu thun, was ich verlange. Aber das Mädel – Ihr kennt sie ja – ist nun einmal curios; Ihr habt selbst gesagt, es sei Alles anders bei ihr, als bei den Uebrigen. Viele mag's geben, will's wohl glauben, die sich's zur Ehre schätzen, von Euch bei der Nase herumgeführt zu sein; die Häßlichsten sucht Ihr Euch just nicht aus. Aber mit der Filomena ist übel spaßen, kam's Euch nicht selber so vor? 's ist das beste Kind von der Welt, ihr Vater darf's wohl sagen, da sie's nur von Mutterseiten geerbt hat; aber was sie sich in den Kopf gesetzt hat, ist wie ein Schrotschuß in ein hartes Holz! man muß das Brett zerschlagen, um das Blei wieder 'rauszuholen. Und seht, junger Herr, ich hab' schon ein Mädel im Narrenhaus; das zweite war' mir denn doch zu Schade dafür.

Er hatte das Alles auf eine wunderliche, halb höhnische, halb weichmüthige Art gesagt, und dabei unverwandt in den strudelnden Schlammbach hinabgesehen, der unter ihnen hintoste. Seine erzwungene Ruhe mochte den Jüngling täuschen. Er athmete leichter auf, lüftete den Hut, zog dann plötzlich seine Uhr heraus und sagte: Es fehlt wenig an Mitternacht, und ich habe keine Zeit zu verlieren. Laßt es mich beschlafen, Herr Weber. Wahrhaftig, es liegt mir selbst am meisten daran, diese traurige Geschichte zu einem guten Ende zu führen. Aber jetzt und hier habe ich die Gedanken nicht beisammen, und würde für das, was ich Euch sagte, morgen bei kälterer Besinnung am Ende nicht einstehen können. Nochmals, ich meine es gut mit Eurer Tochter, und was ich thun werde – wir sprechen noch davon!

Wir sprechen *heut* noch davon, oder *nimmermehr*, antwortete der Alte überlaut, und richtete sich in die Höhe. Hier ist nur Eins zu thun, ohne Schliche und Winkelzüge, und jetzt frag' ich dich zum letzten Mal: Willst du mein Kind heirathen, oder nicht?

Der Jüngling biß sich die Lippen. Ich habe ihr nichts *versprochen*, sagte er trotzig. Und wenn ich's gethan hätte, thät' mir's leid, aber halten könnt' ich's nicht.

Nicht? nicht?

Nein, ich könnt's nicht. Tobt und wüthet, so viel Ihr wollt, Ihr könnt's nicht ändern; und einschüchtern mit Worten oder Fäusten lass' ich mich eben so wenig. Ich will Euch entschädigen, so gut ich kann –

Entschädigen! – – er lachte bitter auf.

Ja, und das reichlich, und wenn Ihr nichts davon hören wollt, steht's Euch frei, mich niederzuschießen, wo Ihr Eure Gelegenheit trefft. Dann seid Ihr ein Mörder, und ich bin todt. Aber so lang ich lebe, komme ich nicht in Eure Gewalt, und mit Euch auszuwandern nach Amerika, als Euer Schwiegersohn und – Knecht, dazu fehlt mir ganz und gar die Lust. Fragt mich nicht weiter; was ich *kann* und *nicht* kann, weiß ich besser, als Ihr.

Der Alte musterte ihn lange mit den unheimlich starren Augen. Du hast eine andere Liebschaft, und bist eben auf dem Weg zu ihr; ist's nicht so?

Und wenn's so wäre – was geht's Euch an?

Ist's die Kammerfrau oder die Gräfin selbst?

Der Jüngling zauderte. Ihr habt kein Recht mich zu verhören, sagte er jetzt, und ich thue Unrecht, Euch Rede zu stehen. Aber damit wir endlich zu Ende kommen – und er hielt wieder inne und ein plötzlicher Einfall schoß ihm durch den Kopf, zu dem er sich in seiner Verblendung Glück wünschte; denn mit Einem Schlage glaubte er so den Verfolger abzuschütteln – die *Gräfin* ist's, und noch mehr –

Nichts mehr! unterbrach ihn der Alte. Du wirst nicht mehr zu ihr gehen. Ich aber –

Laßt mich ausreden. Hierüber habt Ihr kein Recht; was Gott zusammengefügt hat –

Gott zusammengefügt? Lästert der Bursch in dieser furchtbaren Stunde den Namen dessen, an den er nur mit Schaudern denken sollte?

Ihr seid nicht bei Sinnen, Weber. Vielleicht bringt's Euch wieder zu Verstand, wenn ich Euch sage, was bisher Niemand von mir erfahren hat: die Gräfin ist meine *Frau*. Wir haben uns heimlich trauen lassen, weil ihre Eltern noch leben. Ein fremder Geistlicher, der hier durchgereist kam, hat uns zusammengegeben. Nun wißt Ihr's.

Er hatte die Lüge mit nachlässiger Keckheit hingeworfen und wähnte einen Augenblick, die Sache sei nun abgethan. Der Alte stand schweigend vor ihm, von unten klang das Geräusch der wüthenden Sturzwellen herauf, und der Mond trat so klar aus den Dünsten, daß die beiden Feinde einander Zug für Zug in den erhitzten Gesichtern lesen konnten. Was der Jüngling las, machte ihn plötzlich erblassen. Er trat einen Schritt zurück, die Kniee wurden ihm unsicher, der Brückensteg schien ihm unter den Füßen zu schwanken, als wollten die hohen Ufer einbrechen. Ein paar unvernünftige Worte stammelte er, aber die Zunge erstarrte ihm; er wollte die Augen von dem Alten losreißen und konnte nicht – über die Brücke zu entfliehen suchen, und wie Blei hingen ihm die Glieder am Geländerpfosten.

Gott zusammengefügt? brach es jetzt mit wildem Hohn von den zitternden Lippen des Alten. Vom *Teufel* verkuppelt! Hahaha! Seine *Frau*! Und damit wär's aus, und ich ginge heim zu meinem verlorenen Kind und sagte ihr: 's ist Schade, arme Dirne, er hat schon eine Frau! und dann säh' sie den Schurken wohl einmal vorbeireiten mit der Gnädigen, und die Dame schaute durch die Lorgnette zu ihr herüber und fragte: Wer ist das Mädchen? und er, die Achseln zuckend: Eine Zigeunerin, ein Aschenputtel, aus einer heruntergekommenen Familie! Und im Weiterreiten gäb' er lachend alte Geschichten zum Besten? – – Höll' und Tod! da wär' es ja besser, man brächte den Burschen dahin, wohin er gehört, in den Schlamm mit der Kothseele, in den Abgrund mit der Höllenbrut, daß die Erde von ihr rein wird!

Weber! schrie der Entsetzte laut auf. Aber in demselben Augenblick fühlte er sich mit furchtbarer Gewalt ergriffen, emporgerissen, über das Geländer gezerrt – noch ein schneidender Hilferuf drängte sich aus seiner Brust, dann vergingen ihm die Sinne im erbarmungslosen Sturz, und die Strudel, die hoch um ihn aufrauschten, zogen ihn in die Tiefe.

Oben auf der Brücke stand der Mörder und Rächer und sah mit festem Blick dem Stürzenden nach. Er war todtenblaß geworden, aber keine Nerve zitterte mehr.

Schrie es da nicht? sagte er bei sich selbst. Nein, 's ist Niemand wach ringsum. Ich bin ganz allein.

Er ließ einen forschenden Blick über die Ufer schweifen; sein scharfes Jägerauge sah einen Büchsenschuß weit die Katzen über die mondhellen Scheunendächer steigen und auf dem epheuumwucherten Kapellendach eine graue Henne im Schlaf sich bewegen. Von Menschen keine Spur.

's ist geschehen, und so ist's gut! sprach er vor sich hin und richtete sich entschlossen auf. Man wird ihn finden, und es wird heißen, er sei verunglückt, weil er Wein im Kopf gehabt habe, und das arme Ding wird außer sich sein vor Herzweh, bis es dann verblutet. Was von oben kommt, ist Alles zu verwinden. Nur was Unseresgleichen uns anthut, frißt uns das Leben ab. Wenn ich's hätte geschehen lassen, daß sie sich verachtet gesehen hätte, verrathen, hingeopfert um eine Andere, – aus den Fugen wär' sie mir gegangen, 's ist so besser! Die Last liegt auf mir, ich hab' die Schultern dazu, es liegt schon mehr drauf, das Neue spür' ich kaum. 's giebt Dinge, über die kein Richter auf Erden zu Gericht sitzt; man muß sie selber rächen, 's ist Notwehr, Noth bricht Eisen.

Noch stand er eine Weile, dann besann er sich, daß es wohlgethan sei, eilig diese Stätte zu verlassen. Er hatte es gethan, – er wollte es nicht *umsonst* gethan haben. Noch einmal sah er in die brausende Tiefe zurück; von seinem Opfer war jede Spur verschwunden, so daß er sich flüchtig vorstellte, es sei Alles ein schauderhafter Traum. Dann blickte er, wie herausfordernd, zum Mond hinauf, ob diesem Zeugen zu trauen sei, und schlug einen dunklen Weg ein, das Ufer hinauf über Geröll und feuchtes Laub, wo die Fährte sich unsicher eindrückte, mit aller kundigen List eines alten Waidmannes, der es den Füchsen abgesehen hat. Tief im Naifthal erst wendete er den

Schritt und ging nun wieder bergab, im Kastanienschatten seinen Weg nach Hause suchend.

Vom Thurm unten schlug es Ein Uhr, als er den wüsten Hof betrat. Hier, in der Nähe seines Kindes, schlug ihm zum ersten Mal das Herz, so heftig, daß er noch eine Weile im Freien blieb, sich zu beruhigen, eh' er die Treppe zu der weiten Halle hinaufstieg. Der Mond durchstrahlte sie mit Tageshelle, und in dem kleinen Gemach dahinter konnte er jedes Geräth, jede Blume im Kranz des Crucifixes deutlich erkennen. Als er mit leisen Schritten an die Schwelle trat, blickte die Alte, die am offenen Fenster spann, gleichgiltig zu ihm auf und erwiederte nickend seinen Gruß. Er sprach kein Wort, sondern schlich auf den Zehen in den Verschlag, wo das Mädchen schlief. Eine Weile horchte er auf ihr unruhiges Athmen, dann beugte er sich zu ihr hinab, um in der Dämmerung ihre Züge zu sehen. Sie schlug plötzlich die Augen auf, sprang zitternd vom Bett und stand erschrocken vor ihm.

Du bist's! sagte sie halblaut.

Ich bin's, Mena! Was fürchtest du dich vorm Vater, Kind?

's ist nichts! Ich hatte so Träume – ich weiß selbst nicht wovon, mir war so bange im Traum. Wo kommst du her? Hast du ihn gesprochen?

Den Grafen? Nein! Ich fand ihn nicht. Ich erzähl' morgen. Leg dich wieder schlafen.

Ich kann nicht, Vater; die Träume bringen mich um. Ich will aufsitzen und spinnen. Vielleicht wird mir besser an der Luft.

So setz dich zu mir, hier auf die Bank. Die Nacht ist so hell, mich schläfert auch nicht, und ich habe schon unten ein wenig genickt, als ich auf den Grafen wartete. – Was ich sagen wollte: magst du ihn wohl leiden, den Grafen? Es scheint doch ein guter Herr.

Sie schüttelte hastig den Kopf und versank in ihre traurigen Gedanken. So saßen sie auf der Bank neben dem Crucifix, er an die Wand gelehnt, das Mädchen auf einem Schemel vor ihm. Die Alte hatte ihnen den Rücken zugekehrt und achtete ihrer nicht, murmelte dann und wann ein Stück vom Rosenkranz oder hustete dumpf auf. Vater und Tochter sprachen nichts mehr. Er hatte die Hand auf ihrem Kopfe ruhen, der an seinem Schooße lehnte, und streichelte beständig das weiche volle Haar des Kindes; diese Liebkosung schien ihr fieberndes Gemüth zu besänftigen, sie lächelte ein paar Mal und schloß endlich die Augen. Sacht hob er sie auf und setzte sie bequemer auf seinem Schooße zurecht, beide Arme um den schlanken Leib gelegt, ihren müden Kopf an seiner Schulter bettend. Bald war sie fest eingeschlafen. In seine Augen kam kein Schlaf. Aber in ihm wurde es immer stiller, friedlicher und getroster. Er hielt in den Armen, was ihm das Leben noch werth und kein Opfer zu schwer und keine That und Missethat zu furchtbar machte. Eine trotzige Freudigkeit glühte in ihm auf. Er fühlte in sich die Kraft, mit seiner starken Vaterliebe dem armen Kinde Alles zu vergüten, was ihm je zu Leide geschehen. Er hatte sie schlecht bewacht, und für diese Schuld durch die Last gebüßt, die er sich aufs Gewissen geladen. Nun wollte er ihr nimmer von der Seite gehen. Nur noch die Schmerzen überstanden um den unglücklichen Sturz des Geliebten, und dann aufgebrochen und übers Meer mit ihr, und ein neues Leben gegründet, und eine neue bessere Liebe in das junge Herz gepflanzt, – warum sollte es ihnen nicht noch einmal glücken? Hatten nicht Aermere, Gemiednere, Schuldbeladnere drüben von vorn angefangen?

Und wieder eine Stunde verging, und noch immer saß der Vater und hielt sein schlafendes Kind im Schooß, und die Gesichter der beiden unglücklichen Menschen wurden immer stiller und zufriedener, und die Gedanken des Alten immer traumhafter, bis auch ihm die Augen zufielen. Der Mond trat hinter die Wolken; es kam jene Zeit der Nacht, wo Alles still wird, selbst die Nachtvögel ihre Jagd einstellen und die Mühseligsten und Beladensten im Kampf mit Kummer und Schuld eine kurze Waffenruhe genießen. Auch das ferne Brausen des Naifbachs, das allein nicht zur Ruhe kam, wurde dem zum Schlaflied, dem es als eine furchtbare Mahnung hätte ins Gewissen dröhnen sollen; und nur die taube Alte am Fenster, der Tag wie Nacht und alles Leben ein tonloses Schattenspiel war, saß unverrückt die schauerlichen Stunden hindurch vor ihrem Rade und spann ihren Faden in der Dunkelheit fort und murmelte ihre Gebete.

*

Nicht viel früher hatte auch der Graf unten in der Stadt sich aufs
Bett geworfen, obwohl der nächtliche Spaziergang nicht lange fort-
gesetzt worden war, denn beide Wanderer waren schweigsam geblieben, und beiden die Nacht unheimlich geworden. In ihren
Schlaf hinein spannen sich die Erinnerungen und Gedanken an
jenes unselige Mädchen und die Zukunft der Ihrigen hinüber. Der
Graf fuhr oft mit jähem Schrecken auf und fühlte es feucht auf seiner Stirn und schlief nur unerquicklich weiter. Als sein Diener vor
acht Uhr ins Zimmer trat und meldete, ein fremder Herr habe ihn
dringend zu sprechen verlangt, fuhr er völlig ermuntert hastig in
die Kleider und war gefaßt darauf, daß nur eine neue Unglücks-
kunde ihn so früh aufsuchen könne.

Der Landrichter trat zu ihm ein.

Sie bringen böse Zeitung, rief ihm der Graf entgegen. – Reden Sie:
Was ist geschehen? Hat meine Ahnung mich nicht betrogen? Weber? der junge Mensch? – –

Ich komme so früh zu Ihnen, sagte der Mann mit dem Ton tiefer
Erschütterung, weil Sie so menschlich Antheil nehmen an diesen
Unglücklichen, und ich es Ihnen ersparen möchte, was geschehen
ist, durch das Gerücht zu erfahren. Ich war gestern Nacht kaum
eine Stunde zu Hause, so werd' ich herausgepocht, ein Mädchen
steht vor meiner Thür, ein Bild des Entsetzens, hinter ihr ein paar
Gendarmen, die sie auf der Wache zu Hilfe gerufen hatte, und einige Bauern und Leute aus der Stadt, von dem Schreien und Rufen
des Mädchens aufgestört und begierig Näheres zu erfahren. – Ich
nahm die Dirne ins Verhör, und hätte viel drum gegeben, an ihrer
Aussage zweifeln zu dürfen. Sie dient oben beim Bäcker von Obermais; unfern der Naif steht das Haus, und da das Rauschen nicht
nachließ, schickt sie der Bäck gen Mitternacht ans Ufer hinauf, zu
sehen, wie es stehe, und ob keine neue Gefahr drohe. Da sieht sie
dicht am Geländer der Brücke zwei Mannsbilder, und sie scheinen
im Streit, daß ihr angst und bange wird und sie sich hinter einen
Holzstoß niederduckt, zu spähen, was es gebe. Plötzlich werden die
Stimmen lauter, ein Ringen, ein Schrei, und der Kleinere und
Schlankere stürzt übers Geländer in den brausenden Schwall hinab.
Ihr selbst sei ein Angstschrei entfahren, daß der Uebriggebliebene

aufmerksam rings umgeschaut habe; und da habe sie ihn erkannt, den Weber von Planta, so klar und gewiß im Mondschein, daß sie das Sacrament darauf nehmen könne. Er sei dann das Ufer hinaufgegangen und verschwunden. Sie selbst, als sie sich erst ein wenig erholt, habe mit schlotternden Gebeinen das Ufer hinab den Gestürzten suchen wollen, aber das Grausen nicht bezwungen; auch wär 's ja auf alle Fälle zu spät gewesen. Und da habe sie sich resolvirt, vor allem die Anzeige zu machen, und sei auf die Wache gestürzt und dann in mein Haus.

Ich bin sogleich mit ihr und den Andern aufgebrochen, und wir haben den Jüngling nicht allzulange zu suchen gehabt. Als ich mit meinem großen Geleite, das trotz der Nachtzeit sich gesammelt hatte, mit Kienbränden wohl versehen, an die Stelle kam, wo die Schlucht gegen Trautmannsdorf zu die Biegung macht und sich verflacht, stießen wir alsbald auf eine unförmliche, ganz in Schlamm gehüllte Masse. Erlassen Sie mir, zu schildern, wie wir endlich den Aermsten wiederfanden, der noch vor wenigen Stunden ein Bild von Jugend und Uebermuth gewesen. Ich ließ ihn auf die Wache tragen, der Arzt mühte sich an dem starren Körper ab, mit Kopfschütteln; ich selbst hatte eine schwerere Pflicht zu erfüllen. Hinauf nach Planta ging ich, meine Leute folgten mir; das Volk hätt' ich gern zurückgehalten, aber es war durch den Anblick des Todten, und da es zu dem Weber nie ein Herz gefaßt hatte, in einer Aufregung, über die ich nichts vermochte. In der That rechnete ich kaum darauf, den Mörder zu Hause anzutreffen, und das Mädchen zu schonen lag mir am Herzen. Also befahl ich dem ganzen Schwarm, droben im Hof der alten Ruine sich ruhig zu verhalten und zu warten, bis ich wiederkäme. Nur die Gendarmen und einen Burschen mit einer Fackel nahm ich mit und stieg ohne Geräusch die Treppe hinauf. Was ich droben sah, war fast dazu angetan, mich an allen Zeugnissen irre zu machen. Denn da saß in dem kleinen Gemach der alte Weber und das Mädel ihm auf dem Schooß, und schliefen Beide so fest, daß nicht einmal unsere Schritte sie erweckten. Erst als die Kienfackel ins Zimmer sprühte, fuhren sie auf und starrten uns an. Weber, sagte ich, so gelassen, als ich vermochte, Sie müssen mit mir kommen, es ist eine Anklage gegen Sie erhoben worden. – Hoffentlich können Sie sich reinigen; aber ich habe die Pflicht, Sie zu verhaften.

Während ich sprach, verwandte ich kein Auge von ihm. Seine Züge blieben aber eisern.

Wessen bin ich angeklagt? sagte er, und legte den Arm nachlässig um den Nacken des Mädchens, das neben ihm stand, als verstehe sie unsere Sprache nicht.

Sie werden es erfahren, sagte ich darauf. Hier – und ich suchte ihm anzudeuten, daß ich der Filomena wegen zurückhielt – hier ist nicht das Verhörzimmer.

Sie haben kein Recht, bei Nacht in meine Wohnung einzubrechen, erwiederte er trotzig. Ich lasse mich nicht wegschleppen wie ein auf der That Ertappter; auf einen Verdacht hin will ich nicht mißhandelt sein, unschuldig wie ich bin.

Unschuldig? rief da plötzlich eine helle Weiberstimme dazwischen, und ehe ich es verhindern konnte, hatte sich die Magd des Bäcken, die trotz des Verbots nachgeschlichen war, in das kleine Zimmer gedrängt und goß nun den ganzen Strom ihrer Anklagen über den Trotzigen aus, dessen Gesicht plötzlich sich entfärbte. Soll ich mir nachsagen lassen, rief sie, daß ich falsch Zeugniß geredet hätte? Hab ich Euch nicht mit meinen leiblichen Augen auf der Brücke gesehen, und den Aloys mit Euch ringen und wie Ihr ihn hinuntergestoßen habt, und haben wir ihn nicht gefunden todt und kalt und so verstellt, daß seine eigene Mutter ihn am Gesicht nicht wiedererkannt hätte? Und Ihr wollt dem Herrn Landrichter weiß machen, daß Ihr unschuldig seiet und ich ein Lügenmaul?

Da schwieg die Dirne endlich von selbst, denn sie entsetzte sich vor dem, was sie sah. Das Kind nämlich, die Filomena, fing plötzlich überlaut an zu lachen und verzerrte die Augen und schlug dann, wie von der Sucht befallen, unter währendem Gelächter der Länge nach hin. Der Vater aber stand dabei und sagte, nachdem er sie eine geraume Weile betrachtet hatte: Für die ist nun auch gesorgt. Nun braucht's keiner Verstellung mehr. Ich folge Ihnen, Herr Landrichter. Ich hab's gethan. – – –

Der kleine Graf saß stumm dem Erzähler gegenüber; er hatte das Gesicht in beiden Händen verborgen und bot die äußerste Kraft auf, seiner Erschütterung Herr zu bleiben. Auch der Andere konnte lange kein Wort hinzufügen, war ans Fenster getreten und starrte gegen die geschlossene Jalousie. Zuletzt wandte er sich wieder um und sagte: Sie können noch etwas für die Arme thun – dem Vater freilich hilft Niemand mehr. Vor einer Stunde fand ich ihn im Gefängniß todt; er hatte sich mit seinen Strumpfbändern erdrosselt und lehnte sitzend, aufrecht gegen die Mauer. Das Kind aber haben wir einstweilen zu den Nonnen gethan; ich denke, wir schicken sie in dieselbe Anstalt, wo ihre Schwester Zuflucht gefunden. Sie wissen, es geschieht unentgeltlich, aus Barmherzigkeit mit solcher Armuth, die zwiefach arm ist. Aber mancherlei kann geschehen, sie besser und reichlicher zu pflegen. Wenn Sie das Mädchen vielleicht zu sehen wünschen – zwar hat sie bisher noch Niemand erkannt – – –

Der Graf schüttelte abwehrend den Kopf. Er stand auf, nahm eine Brieftasche aus dem Schrank und legte sie dem Landrichter in die Hand. Dann machte er eine bittende Bewegung; der Andere verstand ihn und verließ stillschweigend das Zimmer.

Eine Stunde darauf klingelte der Graf seinem Diener und bestellte Postpferde nach der Schweiz. Als gegen Mittag der Wagen, schon einige Meilen weit von Meran entfernt, die Höhe des Weges langsam erklomm, machte der Diener seinen Herrn auf eine graue Gestalt aufmerksam, die einen beschwerlichen Felsweg hoch über der Fahrstraße hinschritt.

Oberst! rief der Graf erschrocken.

Der Wanderer oben stand unwillkürlich still, warf einen Blick hinunter und begann dann eilig noch höher hinaufzuklimmen, wo keine Menschenstimme aus dem Thal ihn mehr erreichen konnte. In einer Schlucht dicht unter dem kahlen Grat verschwand die hagere Gestalt und alles Winken und Rufen verhallte fruchtlos an der steinernen Wand, die den Versteinerten aufgenommen.

Langsam erreichte das Gefährt die Höhe des Passes und die Pferde verschnauften einige Augenblicke. Der Graf aber war im Wagen aufgestanden und warf einen letzten Blick auf das paradiesische Thal von Meran zurück, das in der goldensten Mittagssonne lag. Frieden in der Natur! seufzte er unwillkürlich mit bitterem Wehgefühl. Dann nach einigem Sinnen, während er die überquellenden Augen gegen die grelle Sonne schloß: Armes Kind! sagte er vor sich hin; dein Vater hatte Recht, für dich ist nun gesorgt. Ich hatte es

besser mit dir vor. Mein Dank ist jetzt, daß ich dich nie mehr vergessen kann und nur hoffnungsloser die Welt durchsuchen werde
nach dem Frieden, der – ich ahne es wohl – nicht von dieser Welt
ist!

Über tredition

Eigenes Buch veröffentlichen

tredition wurde 2006 in Hamburg gegründet und hat seither mehrere tausend Buchtitel veröffentlicht. Autoren veröffentlichen in wenigen leichten Schritten gedruckte Bücher, e-Books und audio-Books. tredition hat das Ziel, die beste und fairste Veröffentlichungsmöglichkeit für Autoren zu bieten.

tredition wurde mit der Erkenntnis gegründet, dass nur etwa jedes 200. bei Verlagen eingereichte Manuskript veröffentlicht wird. Dabei hat jedes Buch seinen Markt, also seine Leser. tredition sorgt dafür, dass für jedes Buch die Leserschaft auch erreicht wird.

Im einzigartigen Literatur-Netzwerk von tredition bieten zahlreiche Literatur-Partner (das sind Lektoren, Übersetzer, Hörbuchsprecher und Illustratoren) ihre Dienstleistung an, um Manuskripte zu verbessern oder die Vielfalt zu erhöhen. Autoren vereinbaren direkt mit den Literatur-Partnern die Konditionen ihrer Zusammenarbeit und partizipieren gemeinsam am Erfolg des Buches.

Das gesamte Verlagsprogramm von tredition ist bei allen stationären Buchhandlungen und Online-Buchhändlern wie z. B. Amazon erhältlich. e-Books stehen bei den führenden Online-Portalen (z. B. iBookstore von Apple oder Kindle von Amazon) zum Verkauf.

Einfach leicht ein Buch veröffentlichen: **www.tredition.de**

Eigene Buchreihe oder eigenen Verlag gründen

Seit 2009 bietet tredition sein Verlagskonzept auch als sogenanntes "White-Label" an. Das bedeutet, dass andere Unternehmen, Institutionen und Personen risikofrei und unkompliziert selbst zum Herausgeber von Büchern und Buchreihen unter eigener Marke werden können. tredition übernimmt dabei das komplette Herstellungs- und Distributionsrisiko.

Zahlreiche Zeitschriften-, Zeitungs- und Buchverlage, Universitäten, Forschungseinrichtungen u.v.m. nutzen diese Dienstleistung von tredition, um unter eigener Marke ohne Risiko Bücher zu verlegen.

Alle Informationen im Internet: **www.tredition.de/fuer-verlage**

tredition wurde mit mehreren Innovationspreisen ausgezeichnet, u. a. mit dem Webfuture Award und dem Innovationspreis der Buch Digitale.

tredition ist Mitglied im Börsenverein des Deutschen Buchhandels.

Dieses Werk elektronisch lesen

Dieses Werk ist Teil der Gutenberg-DE Edition DVD. Diese enthält das komplette Archiv des Projekt Gutenberg-DE. Die DVD ist im Internet erhältlich auf **http://gutenbergshop.abc.de**

MIX

Papier | Fördert
gute Waldnutzung

FSC® C083411

Zeitfracht Medien GmbH
Ferdinand-Jühlke-Straße 7
99095 Erfurt, Deutschland
produktsicherheit@kolibri360.de